動物たちのお医者さん

小西秀司／著
佐藤貴紀（獣医師）／構成

★小学館ジュニア文庫★

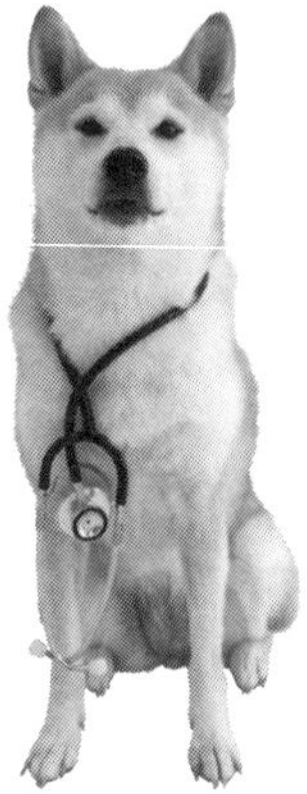

もくじ

動物たちのお医者さん

プロローグ

ぼくの大好《だいす》きな先生《せんせい》の話《はなし》をしよう。

先生《せんせい》といっても、人間《にんげん》の病気《びょうき》を治《なお》すお医者《いしゃ》さんではないし、ましてや学校《がっこう》のお勉強《べんきょう》を教《おし》えてくれる教師《きょうし》でもない。

ぼくの大好《だいす》きな先生《せんせい》は獣医師《じゅういし》。動物《どうぶつ》たちのお医者《いしゃ》さんなんだ。

動物《どうぶつ》たちに聴診器《ちょうしんき》をあてて、心臓《しんぞう》の音《おと》を聞《き》く。

どっくん、どっくん。

それはきっと、心《こころ》の音《おと》そのものなんだと思《おも》う。言葉《ことば》を話《はな》せないぼくらのために、ぼくの大好《だいす》きな先生《せんせい》は今日《きょう》もその鼓動《こどう》を聞《き》いている。先生《せんせい》はいつもこう言《い》っていた。

「人間《にんげん》と動物《どうぶつ》がなかよくなるために、ぼくになにができるんだろう？」

ぼくは、こういうことを真剣《しんけん》に考《かんが》える先生《せんせい》が大好《だいす》きだ。

獣医師《じゅういし》なんだから、病気《びょうき》やけがを治《なお》せばそれでいいっていう考《かんが》えかたもあるんだろうけれど、逆《ぎゃく》にそれは自己満足《じこまんぞく》のためだけにやっている気《き》がしちゃって、なにかさみしい。

そういう人《ひと》は、誰《だれ》かと分《わ》かちあったり、通《つう》じあったりすることのよろこびを知《し》らないんだ。人間《にんげん》だけじゃない。動物《どうぶつ》たちとだって、そんな関係《かんけい》になれるのに。

きみが望《のぞ》むのなら、犬《いぬ》も猫《ねこ》も鳥《とり》も、たいせつな何《なに》かを与《あた》えてくれるだろう。

だけど先生《せんせい》だって、そういうことに気《き》づくにはずいぶん時間《じかん》がかかったんだ。たくさんの出会《であ》いと別《わか》れをくりかえして、いま彼《かれ》は獣医師《じゅういし》になった。そんなお話《はなし》を、きみの隣《となり》に座《すわ》って、はじめたいと思《おも》うんだけれど、どうだろう。幸運《こううん》が空《そら》から舞《ま》い降《お》りる奇跡《きせき》を願《ねが》いながらね。

……ところでぼくは誰《だれ》かって？

ぼくの名前《なまえ》はラッキーっていうんだ。シェットランド・シープドッグの男《おとこ》の子《こ》だよ。

1 ラッキーがやってきた

「どうしても、犬《いぬ》が飼《か》いたい！」

彼《かれ》の名前《なまえ》は佐藤貴紀《さとうたかのり》。東京都町田市《とうきょうとまちだし》に住《す》んでいる小学二年生《しょうがくにねんせい》の男の子《おとこのこ》だ。

彼《かれ》は犬《いぬ》が欲《ほ》しかった。

そのためなら一週間《いっしゅうかん》くらいごはん抜《ぬ》きでもかまわない、と思《おも》うほどの強《つよ》い気持《きも》ちだ。

お父《とう》さんとお母《かあ》さんは、なんとも言《い》えない顔《かお》をして、貴紀《たかのり》を見《み》た。彼《かれ》が本気《ほんき》なのかどうかを見極《みきわ》めるような、まなざしだった。この子《こ》がほんとうに最後《さいご》まで放《ほう》り出《だ》さずに動物《どうぶつ》のめんどうをみられるのか、厳《きび》しいけれど、どこかやさしい態度《たいど》だった。

「……貴紀《たかのり》、おまえは自分《じぶん》の人生《じんせい》に、犬《いぬ》という動物《どうぶつ》を迎《むか》えるつもりなんだね？」

お父《とう》さんはそう言《い》った。でも、貴紀《たかのり》はその意味《いみ》がよくわからなかった。

お母《かあ》さんはにこにこして、やっぱりね、貴紀《たかのり》はそういう子《こ》よね、となぜかうれしそうにしていた。

それでなんとなくほっとした貴紀《たかのり》は、

「うん、ぼくの人生《じんせい》だもんね」と言《い》った。

「そう、おまえの人生《じんせい》はいずれ自分《じぶん》で決《き》めることになるだろう。もうすこし先《さき》にね。だけどその前《まえ》に、犬《いぬ》の人生《じんせい》を引《ひ》き受《う》けなければいけない」

すこし強《つよ》めの口調《くちょう》でお父《とう》さんが言《い》った。

「動物《どうぶつ》はすばらしい。かわいいし、おまえがその気《き》になれば、心《こころ》を通《かよ》いあわせることもできるだろう。けれども、犬《いぬ》はおまえより先《さき》に死《し》んでしまうんだよ。それをわかっていながら、最後《さいご》までめんどうをみなきゃならないんだ」

貴紀《たかのり》はそれを聞《き》いて、すこしだけせつない気持《きも》ちになった。

でも、どうしてそんな気分《きぶん》になるのかはよくわからなかった。

それから一週間《いっしゅうかん》。貴紀《たかのり》はあきらめたんだろうか。ううん、結局《けっきょく》は寝《ね》てもさめても犬《いぬ》のことばかり考《かんが》えていたんだ。小《ちい》さなころから生《い》きものが大好《だいす》きだった。カブトムシも、アマガエルも、スズメも、学校《がっこう》で飼《か》っているチャボも、みんな友《とも》だちだった。「生《い》きもの係《がかり》」になりたくて、いつもまっ先《さき》に手《て》をあげた。夏休《なつやす》みに学校《がっこう》まで行《い》って世話《せわ》をすることもきらいじゃなかった。

貴紀《たかのり》は思《おも》った。そうだ、ぼくは動物《どうぶつ》が好《す》きなんだ。だから、最後《さいご》までめんどうをみる。それがだいじなことなんだ。犬《いぬ》が病気《びょうき》になっても、どんなことになっても、いっしょに生《い》きていくよ、ってお父《とう》さんに誓《ちか》うんだ。

学校《がっこう》からの帰《かえ》り道《みち》、きれいな夕焼《ゆうや》けがひろがっていた。オレンジ色《いろ》の空《そら》を見上《みあ》げると、カラスがまるで応援《おうえん》してくれるように鳴《な》いていた。

この決心《けっしん》を忘《わす》れないでおこう、と貴紀《たかのり》は思《おも》う。しだいに小走《こばし》りになり、とうとう走《はし》り出《だ》していた。

「ただいま！」

勢《いきお》いよく玄関《げんかん》のドアを開《あ》けて、居間《いま》へ向《む》かう。今日《きょう》はお父《とう》さんが早《はや》く帰《かえ》ってくる日《ひ》だ。帰《かえ》ってきたらすぐに伝《つた》えるんだ。

ところが、お父《とう》さんはもう居間《いま》にいた。

「あれ？　お父《とう》さん、おかえりなさい……」

「ああ、貴紀《たかのり》。おかえり。ちょっとこっちへおいで」

貴紀《たかのり》は言《い》われるままにお父《とう》さんの近《ちか》くに行《い》き、座《すわ》った。そこには小《ちい》さな箱《はこ》が置《お》いてあった。その箱《はこ》には穴《あな》が空《あ》いていて、なにか不思議《ふしぎ》な雰囲気《ふんいき》があった。まるで箱《はこ》そのものが生《い》きているような感《かん》じ。

「ほら、うちのあたらしい家族《かぞく》だ」

そうお父《とう》さんが言《い》って、箱《はこ》のふたを開《あ》けた。

「キューン……ワン、ワン！」

シェットランド・シープドッグ。通称《つうしょう》シェルティー。スコットランドのシェットランド諸島《しょとう》を原産地《げんさんち》とする犬《いぬ》。コリーとよく似《に》ているけれど、もっと小型《こがた》だ。ふさふさとしている豊《ゆた》かな毛《け》はほんとうにきれいだし、それにすごくお利口《りこう》さんなんだ。もともとは牧羊犬《ぼくようけん》だから、たくさん運動《うんどう》をさせなくちゃいけない。

貴紀《たかのり》はぽかーんとしてしまった。あたらしい家族《かぞく》。夢《ゆめ》にまで見《み》た犬《いぬ》との暮《く》らし。

ごくり、とつばをのみこんで、そっとその子《こ》に手《て》をさしのべてみる。

ぺろん、と貴紀《たかのり》の指《ゆび》をひとなめしたその犬《いぬ》は、まだほんとうに小《ちい》さな男《おとこ》の子《こ》だった。

黒々《くろぐろ》とした目《め》には力《ちから》があり、細《ほそ》いけれどしなやかな脚《あし》は、はじけるようなばねの強《つよ》さを感《かん》じさせた。セーブルといわれる鮮《あざ》やかな茶色《ちゃいろ》の毛《け》をまとったその姿《すがた》は、これまで見《み》たどんな犬《いぬ》よりも愛《あい》らしかった。

貴紀《たかのり》はうれしくて、わあって声《こえ》をあげたくなったけれど、じっと我慢《がまん》してはしゃいだりはせずに、その子《こ》を抱《だ》っこした。

それはとってもやさしい仕草《しぐさ》だった。

「ぼくはきみを、たいせつにするよ」

「……ワン!」

子犬《こいぬ》は貴紀《たかのり》を見《み》つめて、大《おお》きな声《こえ》で吠《ほ》えた。

まるで、なかよくしてね、とでも言《い》っているようだった。

貴紀《たかのり》は子犬《こいぬ》をなでて、なんてふさふさで、やわらかいんだろう、と思《おも》った。

「……たいせつにする」

これまでの貴紀《たかのり》も、自分《じぶん》より小《ちい》さなもの、弱《よわ》いものに対《たい》して、とってもやさしくしてきた。

シェットランド・シープドッグの子犬《こいぬ》によって、彼《かれ》のやさしさがさらにあふれだすのを、お父《とう》さんとお母《かあ》さんはうれしそうに見《み》つめていた。

ところで、貴紀《たかのり》にはふたりのお兄《にい》ちゃんがいる。

彼《かれ》らは運動《うんどう》が好《す》きで、スポーツ万能《ばんのう》だった。なにをしても貴紀《たかのり》はお兄《にい》ちゃんたちにかなわなかった。下《した》のお兄《にい》ちゃんとは四《よっ》つちがいだけれど、競争《きょうそう》になるようなことはぜんぶ負《ま》け。だから、貴紀《たかのり》は思《おも》った。おんなじことをしていてもだめなんだ。ぼくはぼくのやりかたで、なにかをやる。

ピアノや水泳《すいえい》、ボーイスカウト。お兄《にい》ちゃんとはちがうことをやってみた。貴紀《たかのり》は器用《きよう》だったから、たいがいのことはできたけれども、それは川《かわ》の水《みず》が高《たか》いところから低《ひく》いところに流《なが》れるようなもので、わりあいふつうの感想《かんそう》しか持《も》てなかった。もちろんそれはそれで楽《たの》しいし、つい夢中《むちゅう》になっちゃって、犬《いぬ》の散歩《さんぽ》の時間《じかん》に遅《おく》れたりもしたのだけれど。

そのたびにお母《かあ》さんは、たしなめるように言《い》った。

「あなたには自由《じゆう》があるけれど、この子《こ》にはないの。どうしたらいいと思《おも》う？」

あたらしい家族《かぞく》になったシェットランド・シープドッグの子犬《こいぬ》に、お兄《にい》ちゃんたちはそれほど興味《きょうみ》がなかった（たぶん、スポーツができる子《こ》は忙《いそが》しいんだ）。そのぶん、貴紀《たかのり》が積極的《せっきょくてき》にめんどうをみた。この子《こ》の名前《なまえ》を考《かんが》えよう、となったときも、どんどん案《あん》を出《だ》した。

クッキー、ジョーイ、シープ、ベリー……。

でもどれもぱっとしなかった。自分《じぶん》のアイデアのなさにイライラしていると、お父《とう》さんが腕組《うでぐ》みをしながら言《い》った。

「ラッキー…ラッキーはどうだ？」

最初《さいしょ》はラッキー？……うーん、いまいち、よくある名前《なまえ》じゃんと思《おも》った。でも口《くち》に出《だ》して呼《よ》んでみると、じつはしっくりとくることに気《き》がついた。

「幸運《こううん》を運《はこ》んでくるような、すてきな家族《かぞく》になるかもしれないよ」とお父《とう》さんがつづけて言《い》った。

「うん、そうだね、この子《こ》はラッキーだ！」

貴紀《たかのり》はそう言《い》って、ラッキーに手《て》をのばし、持《も》ち上《あ》げた。しっぽを振《ふ》ってよろこぶラッキー。これでようやくほんとうの家族《かぞく》になったんだ。


「あっ、こら、ラッキー！」

ラッキーは貴紀《たかのり》が履《は》こうとしていた靴《くつ》を玄関《げんかん》でくわえ、家中《いえじゅう》をダッシュする。椅子《いす》を軽々《かるがる》と飛《と》び越《こ》え、ソファーにジャンプしてから、カーペットに飛《と》び降《お》りて、つかまえようとしていた貴紀《たかのり》の股《もも》のあいだをくぐり抜《ぬ》けていく。

「まて、ラッキー！　まてまてまて！」

「貴紀《たかのり》、早《はや》く学校《がっこう》に行《い》かないと遅刻《ちこく》しちゃうわよ！　きゃあ！」

ラッキーはお母《かあ》さんに体当《たいあ》たりしてから、靴《くつ》をくわえたまま、さらに得意顔《とくいがお》で居間《いま》をぐるぐると回《まわ》る。

「こら！　ラッキー！」

お母《かあ》さんも、どたばたとラッキーを追《お》いかけはじめた。

子犬《こいぬ》という生《い》きものは、とてもやんちゃなのだ。いたずらも大好《だいす》きだし、よく食《た》べてよく遊《あそ》んでよく眠《ねむ》る。せわしないけれど、ゆかいな日々《ひび》が流《なが》れていった。

ラッキーのごはんはドライのドッグフードだったけど、なぜかおいしそうに食《た》べてくれないので、晩《ばん》ごはんの残《のこ》りのお味噌汁《みそしる》をかけてあげた。そうするとラッキーは、ぺろり、と平《たい》らげた。

「貴紀《たかのり》、塩分《えんぶん》はだいじょうぶなの……？」

そうお母《かあ》さんが心配《しんぱい》そうに言《い》った。

「これくらいなら平気《へいき》。ぼく、調《しら》べたんだけど、犬《いぬ》にもナトリウムが必要《ひつよう》なんだって。もちろん人間《にんげん》より少《すく》ないけれど、あるていどはね」

貴紀《たかのり》はそう言《い》って、ラッキーの頭《あたま》をなでた。

「犬《いぬ》もおいしいごはんがいいわよね……そうだ、貴紀《たかのり》、あなたラッキーのごはんを作《つく》ってみたら？　お母《かあ》さんも手伝《てつだ》うから」

「ドッグフードじゃなくて、手《て》づくりってことだよね」

「そう、いろいろなお肉《にく》と、穀物《こくもつ》と、もろもろのトッピング。……勉強《べんきょう》しがいがあるわね」

お母《かあ》さんが笑《わら》いながら言《い》った。

ドッグフードをやめて手《て》づくり食《しょく》に変《か》わってから、ラッキーはまったくごはんを残《のこ》さなくなった。健康《けんこう》で、元気《げんき》いっぱいだった。

スーパーで買《か》ってきた鶏肉《とりにく》と豚肉《ぶたにく》をメインに、細《こま》かく刻《きざ》んだ野菜《やさい》、白《しろ》いごはん、煮干《にぼ》し、お味噌汁《みそしる》があるときはすこしかけて、混《ま》ぜあわせる。

毎日《まいにち》のことだから、大変《たいへん》だったけれども、お母《かあ》さんも手伝《てつだ》ってくれたし、そんなに苦《く》にはならなかった。なんといっても、ラッキーがとてもよろこんでくれるのだ。その姿《すがた》を見《み》られるだけでも、貴紀《たかのり》はうれしかった。

ある日《ひ》、お父《とう》さんがラッキーに『お手《て》』を教《おし》えると言《い》いだした。

貴紀《たかのり》はすでに、ラッキーに『待《ま》て』をマスターさせていた。ラッキーはとてもりこうで、すぐにそれを覚《おぼ》えた。

――でも、『お手《て》』なんてさせる必要《ひつよう》があるのかな……。

貴紀《たかのり》はそう思《おも》った。『待《ま》て』はラッキーを守《まも》るために必要《ひつよう》な言葉《ことば》だった。もしもリードが切《き》れたり、首輪《くびわ》が外《はず》れたりして、ラッキーが道路《どうろ》に飛《と》びだそうとしても、『待《ま》て！』と声《こえ》をかけたらそこで止《と》まってくれるはずだ。

でも、『お手《て》』はただの芸《げい》じゃないか。そんなことをさせる理由《りゆう》があるのだろうか。

「ねえ、お父《とう》さん。『お手《て》』はなんのために覚《おぼ》えさせるの？」

貴紀《たかのり》はそう聞《き》いた。

「……犬《いぬ》なんだから、『お手《て》』はできてあたりまえじゃないか？」

お父《とう》さんはラッキーのおやつを手《て》に持《も》ちながら、言《い》った。

「ねえ、『お手《て》』ができることが、ラッキーのためになるのかな。それともぼくらのためになるの？」

「ん？　どういうことだい？」

「『お手《て》』はただの芸《げい》だよ。そんなことさせる必要《ひつよう》はないと思《おも》うんだ」

お父《とう》さんはぽかんとして貴紀《たかのり》の顔《かお》を少《すこ》し見《み》つめていたが、すぐににっこり笑《わら》って、貴紀《たかのり》の頭《あたま》に手《て》をのせた。

「……貴紀《たかのり》の言《い》うとおりだ。お父《とう》さんがまちがっていた」

ラッキーはそんなふたりのやりとりをまったく気《き》にせずに、『遊《あそ》ぶの？　遊《あそ》ぼう！』と、足下《あしもと》でたのしそうに飛《と》んだり跳《は》ねたりしていた。

「ねえ、ラッキー、今日《きょう》さあ……」

もうすぐ中学生《ちゅうがくせい》になる貴紀《たかのり》は、よくラッキーとしゃべっていた。この数年間《すうねんかん》、悩《なや》みもうれしいできごとも、全部《ぜんぶ》ラッキーに話《はな》していた。

ラッキーはそんな貴紀《たかのり》のおしゃべりをたしかに聞《き》いていた。頭《あたま》がよかったから、きっと自分《じぶん》が人間《にんげん》ではないということもわかっていただろう。でも貴紀《たかのり》が家《いえ》に帰《かえ》ってくれば、うれしくてわんわん吠《ほ》えるし、話《はな》しかけるたびに首《くび》をかしげたり、目《め》を輝《かがや》かせたりした。おなかをなでられるのが好《す》きだったけれど、ちょっとからかって脇腹《わきばら》を指《ゆび》で押《お》すと、本気《ほんき》で怒《おこ》ったりもした。

ラッキーがそばにいるだけで貴紀《たかのり》はしあわせだった。だから、どんなときもいっしょ。

友《とも》だちと遊《あそ》ぶときさえもいっしょだった。子犬《こいぬ》のころはパーカーのフードに収《おさ》まり、自転《じてん》車《しゃ》で出《で》かけ、そしていっしょに帰《かえ》ってきた。

「キャーン！」

ある日《ひ》、耳《みみ》をつんざくような声《こえ》でラッキーが鳴《な》いた。

急《いそ》いで貴紀《たかのり》がかけつけると、後《うし》ろ脚《あし》がぺたん、と地面《じめん》につき、立《た》てなくなっていた。

「ラッキー！　ラッキー！　どうしたの？」

ラッキーはからだを震《ふる》わせてうずくまっている。こんなラッキーは見《み》たことがなかった。

呼吸《こきゅう》は荒《あら》く、ハアハアと苦《くる》しそうだ。

昨日《きのう》までは元気《げんき》に走《はし》りまわっていたし、具合《ぐあい》の悪《わる》そうなところなどまったく見当《みあ》たらなかったのに。ごはんもたくさん食《た》べたし、自分《じぶん》のベッドで気持《きも》ちよさそうに寝《ね》ていた。

すぐにお母《かあ》さんと近《ちか》くの動物病院《どうぶつびょういん》へ連《つ》れていく。歩《ある》くことができないラッキーをただ心《しん》配《ぱい》そうに見《み》つめる貴紀《たかのり》。ラッキーが硬《かた》い診察台《しんさつだい》にのせられるとすぐに、獣医《じゅうい》師《し》の先生《せんせい》がドアを開《あ》けて入《はい》ってきた。貴紀《たかのり》は不安《ふあん》でたまらなく、すぐに獣医《じゅうい》さんに質問《しつもん》する。

「先生《せんせい》！　ラッキーはどうしちゃったんですか？」

「……うーん、なんだろうね？」と獣医師《じゅういし》がのんびりと答《こた》える。

「先生《せんせい》、お願《ねが》いします、ラッキーは、だいじょうぶですか？」

貴紀《たかのり》はこらえていた涙《なみだ》をあふれさせた。

獣医師《じゅういし》はにこっと笑《わら》ったが、それでもラッキーは苦《くる》しそう。獣医師《じゅういし》が言《い》うには、レントゲンを撮《と》っても異常《いじょう》がないのでよくわからない、ということだった。

「とにかく痛《いた》みどめの薬《くすり》を処方《しょほう》して、しばらく入院《にゅういん》させて様子《ようす》を見《み》ましょう」

原因《げんいん》が分《わ》からないまま五日間《いつかかん》の入院《にゅういん》。貴紀《たかのり》は毎日《まいにち》お見舞《みま》いに行《い》って、ラッキーの様子《ようす》を見《み》ていた。

「ラッキー……。だいじょうぶだよ、すぐによくなるから」

貴紀《たかのり》はラッキーに話《はな》しかけた。いつもいっしょに寝《ね》ている小《ちい》さなクマのぬいぐるみを眠《ねむ》っている彼《かれ》のそばに置《お》いた。

痛《いた》みだけは薬《くすり》によってましになっていたかもしれないけれど、あいかわらず後《うし》ろ脚《あし》は動《うご》かない。がっかりする貴紀《たかのり》に看護師《かんごし》さんたちはやさしく接《せっ》してくれたが、ラッキーを早《はや》く連《つ》れて帰《かえ》りたい思《おも》いでいっぱいだった。

退院《たいいん》の日《ひ》、結局《けっきょく》なんの病気《びょうき》なのかはわからずに、しばらく家《いえ》で様子《ようす》を見《み》るということになった。病院《びょういん》を出《で》るときに獣医師《じゅういし》がぼそっと言《い》った。

「……だめだったね」

『だめ』ってどういう意味《いみ》だろうと貴紀《たかのり》は考《かんが》えたが、すぐに、だめなことなんてない、ラッキーはかならず治《なお》るし、治《なお》してみせると胸《むね》に誓《ちか》った。そんな無責任《むせきにん》なことを言《い》う獣医師《じゅういし》への怒《いか》りがわいてくるかと思《おも》ったら――彼《かれ》はずいぶんと大人《おとな》になっていて、ものごとにはたくさんの見方《みかた》があるということを理解《りかい》していた。

あの獣医《じゅうい》さんは、悪《わる》い人《ひと》じゃない。ただ、ぼくみたいには、ラッキーに対《たい》していっしょうけんめいになれないだけなんだ。

だって、この世界《せかい》でぼく以上《いじょう》にラッキーのことを好《す》きな人間《にんげん》はいないじゃないか。隣《となり》のクラスの斎藤《さいとう》も、幼稚園《ようちえん》からいっしょだった親友《しんゆう》の木下《きのした》も、ぼくよりラッキーが好《す》きではない。お父《とう》さんとお母《かあ》さんでさえ、ぼくより上《うえ》ということはないんだ。

それでも、動物病院《どうぶつびょういん》という専門的《せんもんてき》な場所《ばしょ》でも治《なお》らなかった、ということに貴紀《たかのり》はショックを受《う》けていた。いろいろな機械《きかい》があって、頭《あたま》のよさそうな獣医《じゅうい》さんがいて、やさしくしてくれる看護師《かんごし》さんがそばにいても、ラッキーの病気《びょうき》の原因《げんいん》は変《か》わらなかった。病気《びょうき》は、ラッキーだけじゃなくて、まわりの人《ひと》たちもつらい思《おも》いにさせる。そしてきっと、病気《びょうき》とはこれからもつきあっていくしかないのだろう。

でも……もしもぼくが病気《びょうき》を治《なお》すための勉強《べんきょう》をして、ほんのすこしでも、その苦《くる》しみから救《すく》うことができるのなら。

少《すく》なくとも、声《こえ》にできないラッキーの叫《さけ》びをわかろうとする力《ちから》を身《み》につけたかった。

わかろうとすることが、貴紀《たかのり》にとってなによりもだいじなことに思《おも》えた。

わかりたい、知《し》りたい、という気《き》持《も》ちはそれからの貴紀《たかのり》の原動力《げんどうりょく》になる。その力《ちから》は、彼《かれ》が持《も》ちあわせていたやさしさとぴったりと重《かさ》なった。

もはや、気持《きも》ちは決《き》まっていたんだ。

「――ぼくは、獣医《じゅうい》さんになる！」

ラッキーは家《いえ》に戻《もど》っても、症状《しょうじょう》はあまりよくならなかった。

急性期《きゅうせいき》（症状《しょうじょう》が急激《きゅうげき》に現《あらわ》れる時期《じき》のこと。病気《びょうき》になりはじめの時期《じき》）をこえて、薬《くすり》で痛《いた》みはなくなっていたものの、後《うし》ろ脚《あし》はやはり動《うご》かなかった。

大好《だいす》きなボール遊《あそ》びや散歩《さんぽ》などは、できなくなってしまった。

家族《かぞく》のみんなは、なかばあきらめかけていた。このまま歩《ある》けなくてもいいんじゃないか、これもこの子《こ》の運命《うんめい》なんじゃないか、と考《かんが》えはじめていた。でも貴紀《たかのり》だけは、そうは思《おも》っていなかった。

これが運命《うんめい》だ、なんてことをぼくらが勝手《かって》に決《き》めてしまってはいけない。たしかに、あきらめてしまえば楽《らく》かもしれない。なかなか状況《じょうきょう》がよくならなくても、しかたないね、のひと言《こと》ですむ。でもそれじゃあ、だめだ。

貴紀《たかのり》は図書館《としょかん》に行《い》き、動物《どうぶつ》の本《ほん》をたくさん読《よ》んで、ラッキーの症状《しょうじょう》について調《しら》べていった。動物《どうぶつ》に関《かん》する病気《びょうき》の本《ほん》はとても少《すく》なかったけれど、彼《かれ》はひとつの可能性《かのうせい》にたどり着《つ》いていた。

「——椎間板《ついかんばん》ヘルニア……？」

その本《ほん》には症状《しょうじょう》がくわしく書《か》いてあった。

椎間板《ついかんばん》ヘルニアとは、背骨《せぼね》の間《あいだ》に挟《はさ》まっている椎間板《ついかんばん》と呼《よ》ばれるクッションがつぶれ、変形《へんけい》してしまった状態《じょうたい》である。

腰《こし》から背《せ》にかけての痛《いた》み。後《うし》ろ脚《あし》の麻痺《まひ》などが起《お》こり、排便《はいべん》・排尿《はいにょう》の困難《こんなん》なども見《み》られることがある……ラッキーとおなじだ。

症状《しょうじょう》が軽《かる》い場合《ばあい》は内科的治療《ないかてきちりょう》。つまり薬《くすり》で治《なお》せるということだ。重症《じゅうしょう》の場合《ばあい》は外科的治《げかてきち》療《りょう》。手術《しゅじゅつ》で原因物質《げんいんぶっしつ》を除去《じょきょ》して、その後《ご》のリハビリで神経《しんけい》の機能回復《きのうかいふく》を図《はか》る。しかし手術《しゅじゅつ》にはかなりのリスクがあるのだという。

図書館《としょかん》で調《しら》べたことを伝《つた》える貴紀《たかのり》を見《み》て、お母《かあ》さんがまじめな顔《かお》をして言《い》った。

「もしかしたらマッサージがいいかもね。血行《けっこう》をよくするから」

「……マッサージ。そうだね、ぼくやってみるよ」

ゆっくりゆっくり、ラッキーの後《うし》ろ脚《あし》をマッサージする。でもラッキーはまったくなにも感《かん》じていないようだ。冷《つめ》たくて、棒《ぼう》のようになってしまったラッキーの後《うし》ろ脚《あし》……。

それからマッサージをする毎日《まいにち》がつづいた。ラッキーを横《よこ》にして、やさしくもみほぐしていく。ラッキーはまったくいやがらなかった。

静《しず》かなラッキーに貴紀《たかのり》は不安《ふあん》になって、わざとラッキーの脇腹《わきばら》を押《お》して、怒《おこ》らせてみたりした。だいじょうぶ、怒《おこ》れるくらいなんだから。

もちろん、うんちやおしっこの世話《せわ》もしなければならなかった。

「貴紀《たかのり》、ラッキーのお世話《せわ》、とってもうまくなったわね」

お母《かあ》さんが言《い》った。

「だんだんコツがわかってきたんだ。ラッキーもよろこんでくれてるかな」

「もちろんよ。がんばってね。お母《かあ》さんも手伝《てつだ》うから」

「うん、ありがとう。……早《はや》くよくなるといいな」

「……貴紀《たかのり》、もしもおまえが友《とも》だちと遊《あそ》びたくなったときは、おれたちが代《か》わるぜ。でもやりかたをしっかり教《おし》えてくれよな。なんだかけっこうテクニックが必要《ひつよう》そうだしさ」

そう言《い》ったのは四《よっ》つ上《うえ》のお兄《にい》ちゃんだった。その後《うし》ろではいちばん上《うえ》のお兄《にい》ちゃんも、うなずいている。

「うん、でも、なかなかむずかしいんだよ。ふたりにできるかなあ？」

貴紀《たかのり》はわざとふざけるように言《い》った。

貴紀《たかのり》は、ラッキーの『走《はし》る力《ちから》』について考《かんが》える。はじけるような、弾力《だんりょく》のある、やわらかい後《うし》ろ脚《あし》の筋肉《きんにく》。貴紀《たかのり》はできるだけリアルに、さらにスローモーションにしてそのことを思《おも》った。ゆっくりとしたスピードで、ラッキーが楽《たの》しそうに駆《か》けていく。……もしも走《はし》れなくなってしまったら、犬《いぬ》にとって、これほどつらいことはないだろう。


「ラッキー、なかなか気持《きも》ちよさそうだね」

貴紀《たかのり》は今日《きょう》も声《こえ》をかけた。ラッキーは目《め》をつぶって貴紀《たかのり》のマッサージを受《う》けている。

「学校《がっこう》から帰《かえ》ってくる前《まえ》に、駅前《えきまえ》の大《おお》きな公園《こうえん》に寄《よ》ったんだ。ぼくらがボール遊《あそ》びに夢中《むちゅう》になったあの場所《ばしょ》だよ。……ほら」

貴紀《たかのり》はポケットから古《ふる》びた青《あお》いゴムボールを取《と》り出《だ》した。

「これ、覚《おぼ》えてる？　ずいぶん前《まえ》になくしたぼくらのボールだよ。茂《しげ》みの中《なか》にあったんだ。……ちょっと汚《よご》れちゃったけどね」

貴紀《たかのり》はそう言《い》って、ボールをごしごしとズボンでこすった。

「この青《あお》いボールをぼくが思《おも》いっきり投《な》げて、ラッキーが追《お》いかけていったんだよね。もってこい、なんていちども言《い》ってないのに、いつもうれしそうにボールをくわえて、ぼくのところに持《も》ってきてくれたよね。あれは『もっと投《な》げて！』というアピールだったのかな？」

ラッキーは目《め》をあけて、青《あお》いゴムボールを見《み》つめていた。

「ぼくが変《へん》な投《な》げ方《かた》をして、草《くさ》むらにボールが消《き》えちゃったんだったよね。……きょうね、ふいにそんなことを思《おも》い出《だ》して、もしかしたら見《み》つかるんじゃないかと思《おも》ったんだよ。それでね、青《あお》いボールが見《み》つかれば、ラッキーの脚《あし》はよくなるはずだって思《おも》ったんだ。だから……すっごく探《さが》したよ」

貴紀《たかのり》はふふっと笑《わら》った。

「ねえ、ラッキー。またボール遊《あそ》びをしよう。あんなに好《す》きだったあの遊《あそ》びを、もういちどできるようになろう。こんどはちゃんと投《な》げるからさ」

話《はな》し終《お》えてラッキーをふと見《み》ると、笑《わら》ったような気《き》がした。

そしてある日《ひ》、貴紀《たかのり》に不思議《ふしぎ》な感覚《かんかく》がおとずれた。ラッキーの後《うし》ろ脚《あし》がよくなるのをイメージすることが、楽《たの》しくマッサージをするコツだったが、今日《きょう》はなにかがちがう気《き》がした。ラッキーが歩《ある》けるようになるのは当《あ》たり前《まえ》のことのように感《かん》じた。

こんなにも自然《しぜん》に、マッサージをすることが『しなくちゃいけないこと』から『したいこと』に変《か》わったことが新鮮《しんせん》だった。ぼくはラッキーのめんどうをみるんだ、それがぼくのしたいことなんだ——。そんなことを考《かんが》えながら、貴紀《たかのり》はいつのまにか、そのままリビングの床《ゆか》で眠《ねむ》りに落《お》ちてしまった。

もしかしたらベッドに入《はい》るよりも、ぐっすり眠《ねむ》れたかもしれない。夜《よる》が明《あ》けて、貴紀《たかのり》は目《め》を覚《さ》ました。きらきらした朝日《あさひ》がふりそそぐ、気持《きも》ちのよい朝《あさ》だった。ラッキーもそばで眠《ねむ》っていたけれど、すぐに起《お》きて、貴紀《たかのり》の顔《かお》を見《み》た。おはよう、と貴紀《たかのり》は言《い》った。

「おはよう、ラッキー。今日《きょう》もいい日《ひ》になりそうだね」

ラッキーはぶるぶるっとからだを震《ふる》わせると、それはまったく自然《しぜん》な仕草《しぐさ》で——立《た》ってみせた。あまりにもふつうの光景《こうけい》で、ありふれた日常《にちじょう》のように感《かん》じたから、しばらくは貴《たか》紀《のり》も気《き》づかなかったほどだ。

「……ラッキー？」

貴紀《たかのり》は声《こえ》をかけた。

「ラッキー！　立《た》てたじゃないか！　立《た》ってる、ラッキーが立《た》ってる！」

すぐにお父《とう》さんとお母《かあ》さんに教《おし》えなくっちゃ。貴紀《たかのり》は急《いそ》いで両親《りょうしん》の部屋《へや》へ向《む》かった。

「……そんなわけはないだろう。ラッキーが……」

お父《とう》さんが眠《ねむ》そうな目《め》をこすりながら言《い》った。


ラッキーは、四本脚《よんほんあし》でしっかりと立《た》っていた。

自分《じぶん》でも、おどろいてしまってます――というような表情《ひょうじょう》で、その姿《すがた》はなぜかすこし恥《は》ずかしそうにも見《み》えた。貴紀《たかのり》のうれしそうな顔《かお》、お母《かあ》さんの涙《なみだ》、お父《とう》さんのびっくりした表情《ひょうじょう》、お兄《にい》ちゃんたちの大騒《おおさわ》ぎ。

祈《いの》りにもにた、貴紀《たかのり》と家族《かぞく》の願《ねが》いが、この朝《あさ》ついに叶《かな》ったのだ。

2 ぼくは獣医師《じゅういし》になる

――ダンダンダン、ダンッ。

バスケットボールがフロアに打《う》ちつけられ、バウンドする。キュッキュッというシューズがこすれる音《おと》が響《ひび》く。ディフェンスをかわし一歩《いっぽ》進《すす》んだところで、狙《ねら》いをつけてロングシュート。

ボールは誰《だれ》もさえぎることができない上空《じょうくう》を飛《と》んでいく。そしてゴールに音《おと》もなく吸《す》いこまれ、あっさりと白《しろ》いネットを揺《ゆ》らした。まるでそうなることがはじめから決《き》まっていたかのように。

この瞬間《しゅんかん》、決勝点《けっしょうてん》になるシュートを決《き》めたというのに、貴紀《たかのり》はガッツポーズをしなかった。ロングシュートを放《はな》ったとき、彼《かれ》にはそれが入《はい》ることがなんとなくわかっていたのだ。だからゴールが決《き》まってしばらくしてから、ようやく我《われ》に返《かえ》り、おどろいて口《くち》に手《て》をあてた。

チームのみんなが、かけ寄《よ》ってきて、貴紀《たかのり》をほめたたえる。

「すっげえ！　タカ、やるじゃん！」

「あんなロングシュート、よく決《き》められたな！」

「なんだかスローモーションみたいなシュートだったよな」

「おれ、こうなることはわかっていたぜ……なんてな！」

貴紀《たかのり》はその声《こえ》に、あいまいに笑《わら》って答《こた》えた。そしてすぐに静《しず》かなよろこびが、からだを包《つつ》んでいくのがわかった。耳《みみ》をつんざくようなホイッスルが鳴《な》り響《ひび》いて、試合《しあい》が終《お》わる。

貴紀《たかのり》のシュートが決勝点《けっしょうてん》となり、彼《かれ》の所属《しょぞく》する麻布大学付属高校《あざぶだいがくふぞくこうこう》（当時《とうじ》の名前《なまえ》は、麻布大《あざぶだい》学附属渕野辺高等学校《がくふぞくふちのべこうとうがっこう》）は勝利《しょうり》した。


貴紀《たかのり》は高校三年生《こうこうさんねんせい》になっていた。バスケットボール部《ぶ》に入《はい》り、三年《さんねん》が経《た》とうとしていた。

そしてあの最後《さいご》のシュートの感覚《かんかく》を、以前《いぜん》どこかで味《あじ》わった気《き》がしていた。

練習試合《れんしゅうじあい》だったかな？ それとも勉強《べんきょう》しているときだろうか……そういえば、バスケに夢中《むちゅう》になりすぎて、成績《せいせき》が落《お》ちたこともあったっけ。

三者面談《さんしゃめんだん》で『ぼく、獣医師《じゅういし》になりたいんです』と言《い》ったら『無理《むり》に決《き》まってるでしょ』なんて先生《せんせい》に言《い》われた。そのあとの猛勉強《もうべんきょう》で、あの感覚《かんかく》を味《あじ》わったんだったかな……？

実際《じっさい》に貴紀《たかのり》は面談《めんだん》のあとのテストで、学年《がくねん》で一〇番《じゅうばん》に入《はい》った。四〇〇人《よんひゃくにん》の中《なか》で、かなりびりっけつに近《ちか》い成績《せいせき》だった生徒《せいと》が、そこまで順位《じゅんい》を上《あ》げるのはあまり例《れい》のないことだ。

そもそも貴紀《たかのり》は勉強《べんきょう》が嫌《きら》いではなかったと思《おも》う。もちろん、高校生《こうこうせい》なのだから、部活《ぶかつ》やファッションや女《おんな》の子《こ》とのデートのことなんかも考《かんが》えていたけれど、勉強《べんきょう》をすることは、一歩《いっぽ》ずつ自分《じぶん》の夢《ゆめ》に近《ちか》づいている実感《じっかん》があった。

夢《ゆめ》というのは、もちろん獣医師《じゅういし》になること。

貴紀《たかのり》はその大《おお》きな目標《もくひょう》に向《む》かって、獣医師《じゅういし》になるための大学《だいがく》へ進《すす》もうと決《き》めて、付属高校《ふぞくこう》に入学《にゅうがく》した。付属《ふぞく》というくらいだし、入《はい》ってしまえばあとはわりとスムーズに進《すす》むんじゃないかと思《おも》っていた。

けれどもそんなに甘《あま》いものじゃない。麻布大学《あざぶだいがく》は獣医学部《じゅういがくぶ》で有名《ゆうめい》な、かなりレベルの高《たか》い大学《だいがく》だ（未来《みらい》の優秀《ゆうしゅう》な獣医《じゅうい》さんを社会《しゃかい》に送《おく》り出《だ》すんだから、当然《とうぜん》だけれども）。付属高《ふぞくこう》校《こう》に入《はい》れたからといって、かんたんに大学《だいがく》に入学《にゅうがく》できるわけじゃなかった。貴紀《たかのり》は三者面《さんしゃめん》談《だん》で、さらにこう言《い》われたんだ。

「学年《がくねん》で一〇番《じゅうばん》以内《いない》に入《はい》れなかったら、麻布大学《あざぶだいがく》の獣医学部《じゅういがくぶ》には入《はい》れません」って。

そのとき貴紀《たかのり》の頭《あたま》に浮《う》かんだのは、なぜか愛犬《あいけん》ラッキーの顔《かお》だった。


思《おも》い出《だ》した——。

部活《ぶかつ》が終《お》わった帰《かえ》り道《みち》。ぼんやりとバス停《てい》の文字《もじ》をながめている時《とき》だった。

ラッキーだ。ラッキーが四本脚《よんほんあし》で立《た》ったときに、ぼくは最後《さいご》のシュートで感《かん》じたあの感《かん》覚《かく》を味《あじ》わったんだった。静《しず》かな、でも力強《ちからづよ》い手《て》ごたえと、たとえようもないうれしさ。そのあとに訪《おとず》れる、からだ中《じゅう》を駆《か》け抜《ぬ》けていく電流《でんりゅう》のような興奮《こうふん》。

ぼんやりとながめていたバス停《てい》の文字《もじ》が、夕暮《ゆうぐ》れの日差《ひざ》しにくっきりと浮《う》かびあがってくる。

『希望《きぼう》が丘《おか》』——。

きらきらと輝《かがや》く、なんてすてきな響《ひび》きなんだろう。そこには大好《だいす》きな動物《どうぶつ》たちがいて、ぼくを待《ま》っていてくれる——。

玄関《げんかん》を開《あ》けると、ラッキーがいつものようにお出迎《でむか》えをして、大《おお》きな声《こえ》でうれしそうに吠《ほ》えてくれた。ただいま、ラッキー……ずいぶん年《とし》はとったけれど、あの奇跡《きせき》の日《ひ》からずっと四本脚《よんほんあし》で立《た》つことができている。

もちろんマッサージはつづけていたし、体調《たいちょう》も注意深《ちゅういぶか》く見《み》まもってきた。それは高校生《こうこうせい》になって、部活《ぶかつ》も勉強《べんきょう》も忙《いそが》しくなった貴紀《たかのり》にとって時《とき》に重荷《おもに》でもあったが、きちんとこなしていた。

ラッキーは貴紀《たかのり》の指《ゆび》をぺろんとなめ、満足《まんぞく》そうにきびすを返《かえ》して、自分《じぶん》のベッドに向《む》かった。お母《かあ》さんが顔《かお》だけ出《だ》して、あら、おかえりと言《い》って台所《だいどころ》に戻《もど》った。いつもの日常《にちじょう》。なにかを揚《あ》げる音《おと》が聞《き》こえる。夕飯《ゆうはん》は天《てん》ぷらだそうだ。貴紀《たかのり》はさつまいもの天《てん》ぷらを想像《そうぞう》して、おなかを鳴《な》らした。

「ねえ、ラッキー」

貴紀《たかのり》が声《こえ》をかけ、ラッキーは彼《かれ》のほうをちらりと見《み》た。夜《よる》の散歩道《さんぽみち》はとても静《しず》かで、街灯《がいとう》だけがぼんやりと空《そら》に浮《う》かんでいる。今日《きょう》は雲《くも》がかかって星《ほし》も見《み》えなかった。昼間《ひるま》は晴《は》れていたのにな、と思《おも》った。

「たまにさあ、この遊歩道《ゆうほどう》を思《おも》いっきりダッシュしたくなるよ」

貴紀《たかのり》はそう言《い》って、ラッキーをなでる。

「……もちろん、もうきみはゆっくりとしか歩《ある》けないんだけど……」

そのとき、ラッキーの背中《せなか》に力《ちから》が入《はい》った。ぐいっと引《ひ》っぱる感触《かんしょく》が貴紀《たかのり》の右腕《みぎうで》に伝《つた》わる。

「……ラッキー？」

ラッキーは貴紀《たかのり》を引《ひ》っぱった。それはびっくりするくらい力強《ちからづよ》く、病気《びょうき》になってからいちばんパワフルな歩《ある》きかただったかもしれない。まっすぐ五〇《ごじゅう》メートルくらいそのまま進《すす》んだところで、ラッキーの息《いき》が荒《あら》くなってゆっくりと止《と》まった。

そしてそのままラッキーは、とても優雅《ゆうが》にゆっくりと伏《ふ》せた。やろうと思《おも》えばこれくらいはかんたんだよ、とでも言《い》いたそうに。

貴紀《たかのり》は隣《となり》にしゃがんで、背中《せなか》をやさしくなでながらラッキーに語《かた》りかけた。

「そうだよね、ラッキー。ぼく、獣医《じゅうい》になるためにがんばるよ」

街灯《がいとう》のぼんやりした光《ひかり》が、さっきよりもやさしい明《あ》かりに感《かん》じられた。

ところで。

集中《しゅうちゅう》してものごとをやり切《き》ると舞《ま》いおりてくるミラクルのことだけれど、貴紀《たかのり》はその〝秘密《ひみつ》〟に気《き》づいていたんだろうか？　いずれにしても彼《かれ》の未来《みらい》は、その『ミラクル』をたくさん体験《たいけん》していくことになるのだけれど。


たとえば勉強《べんきょう》でたいせつなのは、こつこつと、ひとつずつ知識《ちしき》を積《つ》み重《かさ》ねることだ。ひとつを重《かさ》ねていくと、ふたつ、みっつ、よっつとどんどん厚《あつ》くなっていき、ちょっとやそっとでは崩《くず》れないようになる。

こんなもの将来《しょうらい》に役立《やくだ》たないんじゃないか、と決《き》めつけてはいけない。無駄《むだ》な知識《ちしき》などないし、世界《せかい》はとっても広《ひろ》いのだから。

貴紀《たかのり》もそういう勉強《べんきょう》のしかたが得意《とくい》だった。朝《あさ》の五時《ごじ》から机《つくえ》に向《む》かい、学校《がっこう》から帰《かえ》ってくると、夜中《よなか》までがむしゃらに勉強《べんきょう》した。ただ彼《かれ》がほかの人《ひと》とちがったのは——コツをつかむセンスと集中力《しゅうちゅうりょく》ということになるだろうか。

たとえば、数字《すうじ》をただの数字《すうじ》として見《み》るのか、ゴールにみちびく通《とお》り道《みち》として見《み》るのか。答《こた》えは同《おな》じでも、見方《みかた》によってまったく色合《いろあ》いがちがってくるだろう。

貴紀《たかのり》は最短距離《さいたんきょり》を見《み》つけるのが上手《じょうず》だった。処理《しょり》するスピードはどんどん速《はや》くなった。ものごとをくりかえして、つづけて、何度《なんど》も何度《なんど》もやる。からだにしみこませるように、集中《しゅうちゅう》して、またそれをくりかえす。

ラッキーの後《うし》ろ足《あし》のこと、バスケットボールの試合《しあい》で、そういうことがだいじなんだと、貴紀《たかのり》はからだ全体《ぜんたい》でわかっていた。すると、あるタイミングで『ミラクル』が起《お》きることがある。

麻布大学《あざぶだいがく》の獣医学部《じゅういがくぶ》は、貴紀《たかのり》が通《かよ》っていた麻布大学付属高校《あざぶだいがくふぞくこうこう》からは、学年四〇〇人《がくねんよんひゃくにん》の中《なか》で成績《せいせき》が一〇番以内《じゅうばんいない》に入《はい》って、ようやく受験《じゅけん》できるという、狭《せま》き門《もん》だった。

さらに、その中《なか》から三人《さんにん》しか合格《ごうかく》できないという超難関《ちょうなんかん》だ。付属高校《ふぞくこうこう》といえども、いわゆるエスカレーター式《しき》ではない。

彼《かれ》は必死《ひっし》に勉強《べんきょう》した。それは苦《くる》しいとかつらいを通《とお》り越《こ》した、がむしゃらな毎日《まいにち》だった。大変《たいへん》だったけれど、貴紀《たかのり》は楽《たの》しんでいたような気《き》もする。本人《ほんにん》は、そんなわけないじゃん！　と言《い》うだろうけれども。

でも、彼《かれ》ががまんして（つまりいろいろなものをあきらめて）過《す》ごしていたとは、やっぱり思《おも》えない。ぼくとの散歩《さんぽ》だってうれしそうに出《で》かけていたからね。

貴紀《たかのり》は机《つくえ》に向《む》かって、ノートになにやら書《か》き散《ち》らした。それは日記《にっき》のようだった。

『もうすぐ高校生活《こうこうせいかつ》も終《お》わりだ。ぼくは学《まな》んできた。いっときの感情《かんじょう》に流《なが》されないようにすること。楽《たの》しいことだけに心《こころ》をうばわれないこと。自分《じぶん》がほんとうにやりたいことはなんだったたか。

ぼくは獣医師《じゅういし》になる。

いまはもう、それがいちばん自然《しぜん》なことのように感《かん》じている――』

3 いちばんだいじなもの

麻布大学付属高校《あざぶだいがくふぞくこうこう》は、理系《りけい》の場合《ばあい》、ふつうの主要五教科《しゅようごきょうか》——英語《えいご》、数学《すうがく》、理科《りか》、社会《しゃかい》、国語《こくご》のほかに『道徳《どうとく》』の授業《じゅぎょう》が組《く》まれていた。

貴紀《たかのり》は道徳《どうとく》の授業《じゅぎょう》が大好《だいす》きだった。教師《きょうし》はもと獣医師《じゅういし》で、獣医学《じゅういがく》の話《はなし》がよく出《で》てきた。伴侶動物《はんりょどうぶつ》（いわゆるペット）獣医師《じゅういし》の役割《やくわり》や、獣医学《じゅういがく》の歴史《れきし》、野生生物《やせいせいぶつ》を守《まも》るためにできること、さらには獣医師《じゅういし》としての責任《せきにん》について。

けれども、たのしい授業《じゅぎょう》だけを受《う》けるわけにはいかない。数学《すうがく》、物理《ぶつり》、化学《かがく》、生物《せいぶつ》は得《とく》意《い》だった貴紀《たかのり》も、英語《えいご》、国語《こくご》、現代文《げんだいぶん》はどうにも苦手《にがて》だった。

「おーい、タカ。ノート見《み》せてくれない？」

バスケットボール部《ぶ》の仲間《なかま》たちがやってきて、貴紀《たかのり》の生物《せいぶつ》ノートをぱらぱらとめくる。びっしりと書《か》きこまれていて、どこにも隙《すき》がない。

「……すっげえな。『生物《せいぶつ》』とかよくわかんないよ。この科目《かもく》はタカだのみだな。ほらその代《か》わり、今日《きょう》の英語《えいご》の授業《じゅぎょう》のポイントをまとめてきたぜ」

貴紀《たかのり》は渡《わた》されたレポート用紙《ようし》をちらっと見《み》て、ありがとう、と言《い》った。

「むしろ英語《えいご》なんてできるやつの気《き》が知《し》れないよ」と貴紀《たかのり》はつづけた。

「生物《せいぶつ》ができるよりかっこいいだろ」

「そんなことないだろ」

「どっちにしてもやんなくちゃなんないの。あーあ。小論文《しょうろんぶん》もあるしなあ。……でもバスケはつづけようぜ」

ひとりがそう言《い》うと、全員《ぜんいん》がうんうん、とうなずいた。


土曜日《どようび》の昼《ひる》。本来《ほんらい》なら授業《じゅぎょう》のない日《ひ》だったが、貴紀《たかのり》は『特別土曜講座《とくべつどようこうざ》』に出席《しゅっせき》するために学校《がっこう》に来《き》ていた。今日《きょう》の講座《こうざ》は面接試験《めんせつしけん》の対策《たいさく》を学《まな》ぶカリキュラムの一環《いっかん》らしかった。

「よう、佐藤《さとう》。おまえ、獣医師《じゅういし》になりたいんだって？」

突然《とつぜん》、話《はな》しかけてきたのは隣《となり》のクラスの水樹洋介《みずきようすけ》だ。サッカー部《ぶ》のキャプテンで、背《せ》は高《たか》く、しかも成績優秀《せいせきゆうしゅう》（貴紀《たかのり》は学年《がくねん》一〇位《じゅうい》、彼《かれ》は一位《いちい》！）。さらに女《おんな》の子《こ》たちがほうってておかないレベルのイケメン。学校《がっこう》は共学《きょうがく》だったから、いつもモテモテ。

貴紀《たかのり》とは友《とも》だちというよりも顔見知《かおみし》り程度《ていど》で、なんでもない会話《かいわ》をする関係《かんけい》だった。だから水樹《みずき》が自分《じぶん》から話《はな》しかけてくるのは、このときがはじめてだったかもしれない。昼下《ひるさ》がりの廊下《ろうか》には、明《あか》るい日差《ひざ》しがまぶしくきらめいている。

「ああ、うん。獣医師《じゅういし》になりたいと思《おも》ってるんだ」

「だよな。おれもそうなんだよ。おたがいがんばろうな。やっぱり麻布大学《あざぶだいがく》の獣医学部《じゅういがくぶ》を受《う》けるのか？」

「そうだね。水樹《みずき》も獣医師《じゅういし》になるんだろうなとは思《おも》っていたけど、やっぱり麻布大学《あざぶだいがく》を受験《じゅけん》するの？」

「ああ。だからライバルだぜ」

水樹《みずき》はそう言《い》って、得意《とくい》そうに貴紀《たかのり》の顔《かお》を見《み》て笑《わら》った。彼《かれ》が獣医師《じゅういし》になったらとびきり優秀《ゆうしゅう》になるのだろうけれど、いつもすこしだけ上《うえ》から目線《めせん》なんだよな、と貴紀《たかのり》は思《おも》った。まあ相手《あいて》は正真正銘《しょうしんしょうめい》のトップだし、それもしかたのないことかもしれない。

「ねえ、水樹《みずき》」

「あん？」

「獣医師《じゅういし》にとって、いちばんだいじなことってなんだろうね？」

水樹《みずき》はぽかんとした顔《かお》をして、言《い》った。

「はあ、そんなの決《き》まってるだろ。知識《ちしき》だよ。知識《ちしき》に裏《うら》づけられた技術《ぎじゅつ》じゃないと、なんの意味《いみ》もないしな。動物《どうぶつ》の病名《びょうめい》がわからなかったら、どうにもならないだろ」

貴紀《たかのり》はそのとおりだ、と思《おも》った。でもなにかが足《た》りない気《き》もした。

「そうだよね。もちろんそうだ。じゃあ、たとえば思《おも》いやり、はどうなんだろう」

「思《おも》いやり？　重《おも》い槍《やり》、じゃなくて？」

水樹《みずき》はそう言《い》って、からかうように槍《やり》を重《おも》そうに持《も》つジェスチャーをしながら、けたけた笑《わら》った。

「……わかるわあ。いや、佐藤《さとう》らしいと思《おも》うわ。悪《わる》いけど、おれはそういうわかりやすい言葉《ことば》で茶《ちゃ》をにごすのが嫌《きら》いなんだ。だってそうだろう？　ガキじゃないんだよ、もう。獣医師《じゅうい》って、そんなに甘《あま》いもんじゃないだろう。思《おも》いやりで命《いのち》が救《すく》えるかよ」

まだおれ獣医師《じゅういし》になってないけどな、と水樹《みずき》はまた笑《わら》った。そして真剣《しんけん》な目《め》をして貴紀《たかのり》に言《い》った。

「いいか、佐藤《さとう》。おれはおまえには負《ま》けないよ。おまえとおれの決定的《けっていてき》にちがうところを教《おし》えてやろうか。それは切実《せつじつ》さだよ。真剣《しんけん》になにかになろうとする気持《きも》ちだよ。おれがなんでも適当《てきとう》にこなしてると思《おも》ったら大《だい》まちがいだぜ。生《う》まれ持《も》った才能《さいのう》にあぐらをかいているとでも？　そんなわけないだろう。誰《だれ》よりも努力《どりょく》をしてきたんだよ、おれは」

一気《いっき》にまくしたてる水樹《みずき》におどろいたが、激《はげ》しい感情《かんじょう》をあらわにする彼《かれ》をなだめるつもりはなかった。もっと本気《ほんき》の意見《いけん》を聞《き》いてみたいと思《おも》ったし、そっちがそうくるのなら、こっちだって負《ま》けていないぜ、と貴紀《たかのり》はこぶしを握《にぎ》った。

「水樹《みずき》、切実《せつじつ》さがちがうって言《い》ったね？　ぼくはそうは思《おも》わない。まだ獣医師《じゅういし》じゃないきみとぼくにたいした差《さ》はない。テストの点《てん》だってすぐに追《お》いついてみせる。どうしてこんなことが言《い》えるのかっていえば、それはぼくが切実《せつじつ》だからだよ。ぼくは獣医師《じゅういし》にならなきゃいけない。それだけははっきりしている」

水樹《みずき》はいじわるそうな顔《かお》をして、へえ、と言《い》った。

「そうかよ佐藤《さとう》？　クールなのかと思《おも》ったらなかなか言《い》うじゃん。でもひとつだけ言《い》っておく。おまえが言《い》う思《おも》いやりなんて、犬《いぬ》や猫《ねこ》の毛一本《けいっぽん》ほどの価値《かち》もないぜ。おまえは永遠《えいえん》におれに勝《か》てないだろうよ」

違《ちが》う。思《おも》いやりだろうがやさしさだろうが、言葉《ことば》なんてどうでもいいのだ。だいじなのは、なにをするか、なにができるか、ということなのだから。でも、それを言葉《ことば》でうまく表現《ひょうげん》することができずにいた。

「……水樹《みずき》、獣医師《じゅういし》は勝《か》ち負《ま》けじゃないとは思《おも》わないか？」

「おれにはこの言《い》いかたがいちばんしっくりくる。おまえはおれに勝《か》てない」

「……ぼくはただ自分《じぶん》の行《い》きたい道《みち》を行《い》くだけだよ。挑発《ちょうはつ》にはのらない。どんな未来《みらい》が待《ま》っていても、それがぼく自身《じしん》が選《えら》んだ結果《けっか》ってわけだ」

そう言《い》いながらも、貴紀《たかのり》はいつのまにか自分《じぶん》のペースが乱《みだ》されていることに気《き》がついた。ちょっと落《お》ち着《つ》いたほうがいい。

「佐藤《さとう》、もしかしたらおれたちの勝負《しょうぶ》は、獣医師《じゅういし》になってからがほんものかもな。たしかに、まだなってもいない職業《しょくぎょう》のことをあーだこーだ言《い》ってもはじまらない。まずは麻布大《あざぶだい》学《がく》の獣医学部《じゅういがくぶ》に入学《にゅうがく》することだ。いまの成績《せいせき》ならおれは入《はい》れるだろう。だけどおまえはどうだろうな」

水樹《みずき》はそう言《い》って、さらに得意《とくい》そうに貴紀《たかのり》の顔《かお》を見《み》つめた。

「……いや、きっとおまえも受《う》かるだろうな。よくわかんないけど、おれにはそんな気《き》がするよ。というか、受《う》かれよな。これからなんだよ、おれたちの勝負《しょうぶ》はさ」

水樹《みずき》にもっとなにか言《い》わなくちゃと思《おも》ったけれど、貴紀《たかのり》はなぜか声《こえ》がかすれて言葉《ことば》が出《で》なかった。


「犬《いぬ》の腎臓《じんぞう》っていくつあると思《おも》う？」

ぱりっとした洋服《ようふく》を着《き》た清潔《せいけつ》な身《み》なりの男性《だんせい》が聞《き》いた。四〇歳《よんじっさい》くらいだろうか、黒《くろ》っぽいスーツに、銀《ぎん》ぶちのめがね。髪《かみ》の毛《け》はなでつけられ、いま台風《たいふう》がやってきて突風《とっぷう》が吹《ふ》いてもまったく問題《もんだい》ない、とでもいうような表情《ひょうじょう》だった。

「え……」

貴紀《たかのり》はその答《こた》えを知《し》らなかった。でも答《こた》えなければいけない。

「ひとつ、だと思《おも》います」

「犬の腎臓は、ふたつあるんだよ」

しまった、と一瞬《いっしゅん》思《おも》ったが、すぐにこう返《かえ》していた。

「そうなんですね。ぼくは、そういう勉強《べんきょう》をしたいんです！」

それは貴紀《たかのり》のほんとうの気《き》持《も》ちだったから、あわててとってつけたような響《ひび》きにはならなかった。むしろまっすぐに相手《あいて》に届《とど》いたかもしれない。

その銀《ぎん》ぶちめがねの面接官《めんせつかん》は、くすっと笑《わら》って、貴紀《たかのり》を見《み》た。めがねの奥《おく》にある目《め》がすこしやさしそうに見《み》えた。

「そうだね、きみはそういうことを勉強《べんきょう》したいんだということは、よくわかったよ。知《し》ってのとおり、獣医学部《じゅういがくぶ》は六年制《ろくねんせい》だ。ふつうの大学《だいがく》は四年間《よねんかん》で終《お》わるけれど、それよりも二年《に ねん》も多《おお》い。これは、それだけ学《まな》ぶことがたくさんある、ということでもある」

そう言《い》うと、面接官《めんせつかん》は貴紀《たかのり》から目《め》をそらした。

「正直《しょうじき》な話《はなし》、獣医師《じゅういし》はいばらの道《みち》だ。もしもきみが獣医学部《じゅういがくぶ》に入学《にゅうがく》したら、大変《たいへん》な勉強《べんきょう》をつづけながら、つらいこと、悲《かな》しいことをまのあたりにすることになる。動物《どうぶつ》たちのお医《い》者《しゃ》さんになる前《まえ》に、そういったことを経験《けいけん》しなければならないんだ。……わたしの言《い》っている意味《いみ》がわかるかい？」

貴紀《たかのり》は姿勢《しせい》をただして、面接官《めんせつかん》のめがねの奥《おく》を見《み》つめながらうなずく。なんとなくその意味《いみ》はわかる。

「動物《どうぶつ》を救《すく》うために、動物《どうぶつ》を使《つか》うこともある。だから、獣医師《じゅういし》になろうとする人間《にんげん》は知《し》っておかなくちゃいけない」

すこしまどろっこしい説明《せつめい》だったから、貴紀《たかのり》は思《おも》わず聞《き》いていた。

「……なにを、ですか？」

「その哲学《てつがく》をだよ。ひとつの病気《びょうき》を治《なお》すためには、いくつもの命《いのち》の犠牲《ぎせい》があると考《かんが》えたほうがいい。生命科学《せいめいかがく》とはすべてその積《つ》み重《かさ》ねだからね」

貴紀《たかのり》はつばをのみこんだ。

面接官《めんせつかん》がひとりごとをつぶやくように、

「やらなきゃいけないことが多《おお》すぎる」

と言《い》った。それから我《われ》に返《かえ》ったように貴紀《たかのり》を見《み》つめ、にっこりと笑《わら》った。

「ところで、きみの小論文《しょうろんぶん》のタイトルはなんだったかな？」

『動物《どうぶつ》のこころ、人間《にんげん》のこころ』です」

「おもしろい。心《こころ》、か。動物《どうぶつ》にもひとしく心《こころ》があると思《おも》う？」

貴紀《たかのり》はもちろんそう思《おも》います、と答《こた》えた。

「うん、でもそれはなかなかむずかしい問題《もんだい》だ。きちんと考《かんが》えれば考《かんが》えるほどね。心《こころ》はどこにあるか。やっぱり脳《のう》、なのかな」

面接官《めんせつかん》がそう言《い》った。

「もしも、からだの外側《そとがわ》に心《こころ》があるのだったら、それはほんとうにゆかいなことだと思《おも》います」

貴紀《たかのり》はそう言《い》って、その可能性《かのうせい》について思《おも》いをめぐらせた。

「そうなれば、心《こころ》は世界中《せかいじゅう》のあらゆるものとつながっているということになるかもしれない。ひとしく心《こころ》どうしはつながりあっていて、もしかしたら誰《だれ》でもアクセスすることができるかもしれない。……この考《かんが》えかたはロマンチックすぎますか？」

面接官《めんせつかん》がめがねをはずして、笑《わら》った。とてもゆかいそうに足《あし》を組《く》んだ。

「……必要《ひつよう》なのは共感《きょうかん》すること、コミュニケーションをとること、なのかもしれないね。

それをつきつめていけば、きみの言《い》うとおり、心《こころ》どうしがつながって、アクセス可能《かのう》になるかもしれない」

リラックスした態度《たいど》で面接官《めんせつかん》はつづけた。

「動物《どうぶつ》の心《こころ》を知《し》るということは、人間《にんげん》の心《こころ》を知《し》るということにもつながるだろう。というか、それは分《わ》けられないいんだ。たくさん勉強《べんきょう》をしたらいい。きみはなかなかユニークな生徒《せいと》だ。科学的《かがくてき》なこと、社会的《しゃかいてき》なこと、あらゆる知識《ちしき》や技術《ぎじゅつ》。たいせつにしなきゃならないものはたくさんあるけれど、いちばんだいじなのは、やっぱり思《おも》いやりなんだと思《おも》う」

「……思《おも》いやり！」

「そう。人《ひと》にも犬《いぬ》にも猫《ねこ》にも、あらゆる動物《どうぶつ》に対《たい》して。とくにきみがなにかに悩《なや》んでいるとき、うまくいかない時期《じき》にこそ」

貴紀《たかのり》はうなずいた。そして言《い》いようのないうれしさがこみあげてきた。

4 獣医学部《じゅういがくぶ》・獣医学科《じゅういがっか》

必死《ひっし》に勉強《べんきょう》してきた日々《ひび》は、この抜《ぬ》けるような青空《あおぞら》と、まっしろな雲《くも》を見上《みあ》げるためにあったのかもしれない。

貴紀《たかのり》は麻布大学《あざぶだいがく》へ向《む》かう道《みち》すがら、獣医学部《じゅういがくぶ》で過《す》ごすこれからの六年間《ろくねんかん》をうきうきしながら想像《そうぞう》した。まずは一歩《いっぽ》踏《ふ》み出《だ》したのだ、獣医師《じゅういし》になるために。

あの門《もん》をくぐったら、ぐっと自分《じぶん》の夢《ゆめ》が近《ちか》くなる気《き》がした。

ただ——合格発表《ごうかくはっぴょう》の名簿《めいぼ》の中《なか》に、水樹《みずき》の名前《なまえ》はなかった。

彼《かれ》が不合格《ふごうかく》だったなんていうことが、ありえるのだろうか。

貴紀《たかのり》は複雑《ふくざつ》な気持《きも》ちになったが、それ以上《いじょう》調《しら》べることをやめた。いまは自分《じぶん》のことを考《かんが》えるべき時期《じき》なのだ。

獣医学部《じゅういがくぶ》・獣医学科《じゅういがっか》。

『基礎獣医学系《きそじゅういがくけい》』『病態獣医学系《びょうたいじゅういがくけい》』『環境獣医学系《かんきょうじゅういがくけい》』『生産獣医学系《せいさんじゅういがくけい》』『臨床獣医学系《りんしょうじゅういがくけい》』という五《いつ》つの系統《けいとう》があり、牛《うし》や馬《うま》や豚《ぶた》などの産業動物《さんぎょうどうぶつ》からペットまで、あらゆる動物《どうぶつ》についての診療《しんりょう》や治療《ちりょう》はもちろん、病気《びょうき》のなりたちから生命《せいめい》の基礎《きそ》までを総合的《そうごうてき》に学《まな》ぶ。さらには英語《えいご》、ドイツ語《ご》などの外国語《がいこくご》も。

目指《めざ》すは国家試験合格《こっかしけんごうかく》。獣医師免許《じゅういしめんきょ》を取得《しゅとく》すること。

研究室《けんきゅうしつ》もたくさん用意《ようい》されていて、解剖学《かいぼうがく》から寄生虫学《きせいちゅうがく》、免疫学《めんえきがく》に遺伝子学《いでんしがく》、微生物《びせいぶつ》から大動物《だいどうぶつ》までを――生命《せいめい》に関《かん》するさまざまなことを研究《けんきゅう》しながら学《まな》ぶことができる。

白衣《はくい》を着《き》て、動物《どうぶつ》や麻酔《ますい》を使《つか》うような臨床《りんしょう》の授業《じゅぎょう》もある。だから貴紀《たかのり》たちは入学時《にゅうがくじ》に、白衣《はくい》と聴診器《ちょうしんき》と手術道具《しゅじゅつどうぐ》を買《か》ってから授業《じゅぎょう》にのぞむのだ。

ある日《ひ》の『生物学入門《せいぶつがくにゅうもん》』の講義中《こうぎちゅう》のことだ。

すべての生物《せいぶつ》は細胞《さいぼう》からなる、という大命題《だいめいだい》を教授《きょうじゅ》が大《おお》きな身《み》ぶりで話《はな》していたとき、後《うし》ろの席《せき》から声《こえ》をかけられた。

「ねえ、あとでノート見《み》せてくれない？」

後《うし》ろは振《ふ》り向《む》かずに、前《まえ》を見《み》たまま貴紀《たかのり》は言《い》った。

「近藤《こんどう》くんだっけ？　自分《じぶん》でとればいいじゃんか」

「んー……いや、字《じ》がきれいだなって思《おも》ってさ」

近藤《こんどう》という男《おとこ》はからからと大《おお》きな声《こえ》で笑《わら》った。授業中《じゅぎょうちゅう》だったので、クラス中《じゅう》がこっちを見《み》た。貴紀《たかのり》はまったくの他人《たにん》です、というようなそぶりで前《まえ》を向《む》いたまま、クールな態度《たいど》につとめた。

「……で、あるように――そこのきみ、ホルモンの情報伝達機構《じょうほうでんたつきこう》や各内分泌器官《かくないぶんぴつきかん》から分泌《ぶんぴつ》されるホルモンの生理作用《せいりさよう》を通《つう》じてからだの恒常性維持《こうじょうせいいじ》について理解《りかい》できているか？」

教授《きょうじゅ》が近藤《こんどう》に向《む》けて言《い》うと、

「……理解《りかい》したいとつねづね思《おも》っております」

そう近藤《こんどう》が答《こた》えた。まじめな言《い》いかただったのがかえっておかしく、クラス中《じゅう》が笑《わら》った。

講義《こうぎ》が終《お》わり、近藤《こんどう》が話《はな》しかけてきた。

「あはは、ごめんね。でもほんとうに字《じ》がきれいだと思《おも》ったんだよ」

「まずさ、人《ひと》のノートをのぞいてる時点《じてん》でアウトじゃない？」

「ごめんごめん、あらためておれ、近藤《こんどう》っていうんだ。よろしく」

近藤《こんどう》はズボンに右手《みぎて》をごしごしとこすりつけてから、貴紀《たかのり》に差《さ》し出《だ》した。貴紀《たかのり》はしぶしぶその右手《みぎて》を握《にぎ》った。

「佐藤《さとう》は付属高校《ふぞくこうこう》からだっけ？　おれは一般入試《いっぱんにゅうし》で一浪《いちろう》してるんだ。だから年齢《ねんれい》はたぶんきみのいっこ上《うえ》。ちょっとした落《お》ちこぼれだけど、よろしく！」

この近藤《こんどう》くんとはこれからずいぶんと長《なが》くつきあうことになる。第一印象《だいいちいんしょう》はあまりよくなかったけれど、貴紀《たかのり》は彼《かれ》の人《ひと》のよさに触《ふ》れ、やがて親友《しんゆう》になっていくのだ。


臨床《りんしょう》はとてもハードな授業《じゅぎょう》だった。

動物《どうぶつ》を救《すく》うために、動物《どうぶつ》を使《つか》うこともある。あの面接官《めんせつかん》が言《い》っていた言葉《ことば》がよみがえる。

はじめてのときは、クラスで何人《なんにん》かが吐《は》いてしまった。犬《いぬ》の死体《したい》がそれぞれの机《つくえ》に並《なら》べられ、その筋肉《きんにく》を勉強《べんきょう》した。

どこにどんな機能《きのう》があって、どのように動《うご》くのか——。

後《うし》ろでばたん、と大《おお》きな音《おと》がして振《ふ》り向《む》いたら誰《だれ》かが気絶《きぜつ》していたこともあった。

もちろん、実習《じっしゅう》でどんなことをするのかは、ある程度想像《ていどそうぞう》していた。だって、獣医師《じゅういし》になるには動物《どうぶつ》のからだの仕組《しく》みを知《し》らなければ、どうにもならないのだから。だから知《し》ることは、自分《じぶん》の夢《ゆめ》を叶《かな》えることにおいて、とてもたいせつなことなんだと貴紀《たかのり》は思《おも》っていた。

近藤《こんどう》はそんな中《なか》で、たんたんとすべてをこなしていく。

「近藤《こんどう》、こういうのぜんぜんだいじょうぶなんだ？」

「……んー。だいじょうぶっていうか、コツがあるんだよ。ふつうはさ、この状況《じょうきょう》に慣《な》れようとするだろ？　できればなにも感《かん》じないようになろう、ってさ」

ちょっと咳《せき》ばらいをして、近藤《こんどう》は続《つづ》けた。

「逆《ぎゃく》なんだ。たとえば、佐藤《さとう》のだいじな犬《いぬ》、ラッキーだっけ。この筋肉《きんにく》がラッキーだって思《おも》うんだよ」

貴紀《たかのり》は表情《ひょうじょう》をすこし硬《かた》くした。

「……つまり、生命《せいめい》はつながってるんじゃないかと思《おも》うんだ。あれ、なんだかうまく言《い》えないな。うーん、だから、この犬《いぬ》の死体《したい》は、死体《したい》じゃないんだよ。これはラッキーなんだ。

まだ彼《かれ》は生《い》きてるよな？　じゃあ、あいこだ。ラッキーが死《し》んでも、それはつながっていくんじゃないかな。この筋肉《きんにく》はこの子《こ》のものであり、同時《どうじ》にラッキーのもので、これから救《すく》われる犬《いぬ》たちのものでもある。……っておれ、なに言《い》ってるのかわからなくなってきた」

近藤《こんどう》はそう言《い》うと、はああ、と深《ふか》く息《いき》を吐《は》いた。

たしかに近藤《こんどう》は説明《せつめい》がへただったかもしれないが、貴紀《たかのり》にはその気持《きも》ちが痛《いた》いくらいに伝《つた》わっていた。理解《りかい》するのではなく、感《かん》じていた。

いままで、どんなにつらくても苦《くる》しくても泣《な》いたりしなかった貴紀《たかのり》の目《め》に、涙《なみだ》が浮《う》かんでいた。あれ、と彼《かれ》は言《い》って、涙《なみだ》をぬぐった。

「なんだろう、言葉《ことば》以上《いじょう》によくわかるよ……」

貴紀《たかのり》はそう言《い》って、鮮《あざ》やかなピンク色《いろ》の、死《し》んだ犬《いぬ》の筋肉《きんにく》を見《み》つめた。

ここに血《ち》が通《かよ》っていた。

この盛《も》り上《あ》がった肉《にく》は、ふくらんだり縮《ちぢ》んだりして、息《いき》づいていた。いまはもう動《うご》かないが、そこには永遠《えいえん》につづく美《うつく》しさのようなものがたしかにあった。

5 ウサギのウィン

獣医学部《じゅういがくぶ》で学《まな》び、貴紀《たかのり》はどんどん成長《せいちょう》していった。

牛《うし》や馬《うま》や豚《ぶた》などの産業動物《さんぎょうどうぶつ》では、栄養《えいよう》や繁殖《はんしょく》や衛生《えいせい》などを勉強《べんきょう》した。

牧場研修《ぼくじょうけんしゅう》もあり、牛《うし》や豚《ぶた》に大《おお》きな注射《ちゅうしゃ》で麻酔《ますい》をしたり、解剖《かいぼう》をしたり。現場《げんば》で動物《どうぶつ》たちとの濃密《のうみつ》な時間《じかん》を過《す》ごした。

そんな日々《ひび》の中《なか》で、貴紀《たかのり》には忘《わす》れられないできごとがあった。

『寄生虫学研究室《きせいちゅうがくけんきゅうしつ》』でウサギを飼《か》っていたときのことだ。いわゆるミニウサギで、愛《あい》らしさはぴかいちだった。

貴紀《たかのり》はこの研究室《けんきゅうしつ》のゼミで、糞線虫《ふんせんちゅう》やコクシジウム原虫《げんちゅう》を研究《けんきゅう》していた。

コクシジウム症《しょう》という病気《びょうき》は、下痢《げり》などを引《ひ》き起《お》こすが、ほかの動物《どうぶつ》に感染《かんせん》する恐《おそ》れはない。大人《おとな》のウサギでは、感染《かんせん》していても症状《しょうじょう》が出《で》ないこともある（子《こ》ウサギは死《し》に至《いた》る場合《ばあい》も）。だからたとえばどこかに連《つ》れ出《だ》しても危険《きけん》はない。

けれども、糞《ふん》などはこまめに処理《しょり》して、いつも清潔《せいけつ》にしていなければならない。なかなか世話《せわ》がやけるのだけれど、ただの実験動物《じっけんどうぶつ》として世話《せわ》をするのと、自分《じぶん》のペットとしてめんどうをみるのとではまったくちがうと貴紀《たかのり》は考《かんが》えていた。

だから、ほんとうはいけないことだったが、貴紀《たかのり》はウサギを一匹《いっぴき》こっそり持《も》ち帰《かえ》った。

コクシジウム原虫《げんちゅう》を持《も》たせた個体《こたい》だった。

名前《なまえ》はウィンと名《な》づけた。病気《びょうき》に勝《か》つという意味《いみ》をこめて。

なぜ家《いえ》に持《も》ちかえったかというと、役《やく》に立《た》ってくれている研究室《けんきゅうしつ》の動物《どうぶつ》たちを、ただ見《み》ているのが歯《は》がゆかったからだ。学校《がっこう》で世話《せわ》をするのなら、それはただの研究《けんきゅう》のひとつ、授業《じゅぎょう》の延長《えんちょう》になってしまう。けれども自分《じぶん》のペットとして、たいせつな命《いのち》をあずかりながら、毎日観察《まいにちかんさつ》をして研究結果《けんきゅうけっか》が得《え》られるのであれば、それがいちばんいいんじゃないか、と。

だが、そううまくはいかなかった。

貴紀《たかのり》が連《つ》れてきたミニウサギのウィンは、お母《かあ》さんにとても気《き》に入《い》られてしまったのだ。

「こんなにかわいい子《こ》を実験《じっけん》に使《つか》うなんて、ぜったいにだめよ!」

「……お母《かあ》さん、実験《じっけん》といってもたいしたことじゃないんだよ」

貴紀《たかのり》はそう訴《うった》えたけれど、お母《かあ》さんは聞《き》いてくれなかった。

だから彼《かれ》はしかたなく、ウィンを使《つか》った研究《けんきゅう》をとりやめにした。


「佐藤《さとう》くん、ちょっとこっちへ来《き》てくれないか」

ある日《ひ》、寄生虫学研究室《きせいちゅうがくけんきゅうしつ》の沢口教授《さわぐちきょうじゅ》が貴紀《たかのり》に声《こえ》をかけた。

貴紀《たかのり》は、研究室《けんきゅうしつ》の片隅《かたすみ》にあるプラスチックの椅子《いす》を出《だ》して、教授《きょうじゅ》と向《む》きあった。

研究室《けんきゅうしつ》にはふたりしかいなかった。目《め》の前《まえ》の整理整頓《せいりせいとん》された注射器《ちゅうしゃき》やビーカーに、青白《あおじろ》い蛍光灯《けいこうとう》の光《ひかり》があたって鈍《にぶ》く輝《かがや》いていた。

「ウサギのことです」

沢口教授《さわぐちきょうじゅ》が口《くち》を開《ひら》いた。

「どうして家《いえ》に連《つ》れて帰《かえ》ったのですか？」

「ほんとうはだめなことは、わかっていたんですが」

貴紀《たかのり》は教授《きょうじゅ》のほうを見《み》ずに、うつむいて言《い》った。しまった、ばれている。

「……佐藤《さとう》くん、きみのまちがいはふたつある」

教授《きょうじゅ》が言《い》った。

「ひとつめ。してはいけないことを、こっそりだまってやったこと。すなわちウサギを勝《かっ》手《て》に連《つ》れ帰《かえ》ったこと」

「はい、でも……先生《せんせい》、ぼくにも考《かんが》えがあったんです。学校《がっこう》から勝手《かって》に連《つ》れ帰《かえ》ったことは悪《わる》いと思《おも》います。だけどあのウサギ、ウィンをペットにすれば、自宅《じたく》で研究《けんきゅう》ができるんです。これは動物《どうぶつ》のためにしていることなんです。だいじな命《いのち》を研究室《けんきゅうしつ》だけで費《つい》やすことが、いいことだとは思《おも》えません。それに、たいした実験《じっけん》じゃないんです。だから――」

教授《きょうじゅ》はがっかりした顔《かお》をしていた。そして諭《さと》すように言《い》った。

「……きみは以前《いぜん》、獣医師《じゅういし》にとっていちばんたいせつだと思《おも》うことを私《わたし》に話《はな》していたね。なんだったかな？」

「……『思《おも》いやり』だったと思《おも》います」

貴紀《たかのり》はそう答《こた》えて、沢口教授《さわぐちきょうじゅ》を伏《ふ》し目《め》がちにうかがい見《み》た。

「ふたつめ。自分《じぶん》の浅《あさ》はかな考《かんが》えを動物《どうぶつ》に押《お》しつけていること。ちなみにこちらのほうが、長《なが》い目《め》で見《み》るとよくないことだと私《わたし》は思《おも》う。言《い》っている意味《いみ》はわかるね？」

「でも、ぼくは思《おも》いやりを持《も》って動物《どうぶつ》に接《せっ》しているつもりです。ぜんぶまるごと助《たす》けたいんです」

「それがきみのよくないところだ」と教授《きょうじゅ》が言《い》った。

その声《こえ》には強《つよ》い響《ひび》きがあったが、こわい雰囲気《ふんいき》ではなかった。ただ、すこしだけしんみりしていた。

「ほんとうによくないところだ」

教授《きょうじゅ》はくりかえし言《い》った。


貴紀《たかのり》はぼうぜんとしていた。大学《だいがく》から出《で》るともう夕暮《ゆうぐ》れで、びっくりするくらい夕日《ゆうひ》がきれいだった。雲《くも》の切《き》れ間《ま》から光《ひかり》が放《はな》たれ、とても小《ちい》さなほこりのひと粒《つぶ》ひと粒《つぶ》が、きらきらと見《み》えるような気《き》がした。

だけど、その風景《ふうけい》はなぜか空々《そらぞら》しく感《かん》じた。

自宅《じたく》に着《つ》くといつものようにラッキーが玄関《げんかん》までやってきて、貴紀《たかのり》におかえりと吠《ほ》える。

「……ラッキー、ただいま。どうもうまくいかないや」

ラッキーはただだまって、貴紀《たかのり》からじっと視線《しせん》をそらさずにいた。

玄関《げんかん》を閉《し》めて、ラッキーと庭《にわ》に出《で》てみた。そこにもやはり、きれいな夕焼《ゆうや》けがひろがっていた。ウサギのウィンをペットにしながら研究《けんきゅう》を進《すす》めようとしたのは、やさしさや思《おも》いやりの気持《きも》ちからだったのに……どうしてこうなっちゃったんだろう。

なんとなく家《いえ》の中《なか》には入《はい》りたくなく、ラッキーを連《つ》れて散歩《さんぽ》に行《い》こうと思《おも》った。ガレージにある物置《ものおき》からリードとハーネスを出《だ》して、ラッキーに装着《そうちゃく》する。

そこでふと気《き》づいた。革《かわ》のリードは持《も》ち手《て》がすり切《き》れはじめている。

ハーネスはラッキーの体形《たいけい》にぴったりと合《あ》わされていない。

すこしやせちゃったのだろうか。毎日散歩《まいにちさんぽ》に出《で》かけていたのに、ぼくはまったくうわの空《そら》だったということか……こんなことにも気《き》づかないなんて、ごめんよラッキー。

ラッキーは散歩《さんぽ》に行《い》けると察知《さっち》して、しっぽを振《ふ》っている。いつもどおりの元気《げんき》なラッキーだ。

でも、ゆっくりとなにかが変《か》わりはじめている。

毛並《けな》みのよさや目《め》のかがやきは薄《うす》れ、全身《ぜんしん》の筋肉《きんにく》が落《お》ちてくる。けれども全然《ぜんぜん》みすぼらしくはなっていない。それ以上《いじょう》に、長《なが》く生《い》きてきた風格《ふうかく》のようなものを感《かん》じるからだ。

ハーネスをラッキーのからだのサイズに合《あ》うように、バックルをしめて調節《ちょうせつ》する。リードの持《も》ち手《て》はガムテープを巻《ま》いて補強《ほきょう》した。

すでに日《ひ》は暮《く》れかけていたので、ハーネスにはセーフティーライトを取《と》りつけた。ちかちか点滅《てんめつ》する赤《あか》い色《いろ》の小《ちい》さなライトだ。

重《おも》たい門《もん》を開《あ》けて、貴紀《たかのり》とラッキーは夜《よる》へ飛《と》び出《だ》した。

いつもの公園《こうえん》へ向《む》かう道《みち》でチワワとすれちがった。連《つ》れているおじさんは貴紀《たかのり》とラッキーを見《み》なかったから、いきなり伏《ふ》せをしたチワワに、おじさんはつんのめってしまった。でも彼《かれ》はチワワを叱《しか》ることなく、貴紀《たかのり》を呼《よ》び止《と》めて言《い》った。

「やあ。うちのレンがきみの犬《いぬ》のことを好《す》きみたいなんだ。よかったらあいさつさせてやってくれないか？」

まずはラッキーがレンのおしりのにおいを嗅《か》ぎ、そのあとにレンがうやうやしくラッキーのおしりを嗅《か》ぐ。正《ただ》しい犬《いぬ》のあいさつのしかただ。

「……この子《こ》の名前《なまえ》は？」と、おじさんが聞《き》いた。

「ラッキーです」

「いい名前《なまえ》だ。そしていい歳《とし》のとりかたをしているね」

おじさんはそう言《い》って、ラッキーの背中《せなか》をなでた。

「老犬《ろうけん》っていうのは、いいものだよね。いっしょに過《す》ごした時間《じかん》が毛並《けな》みにもあらわれる。倍以上《ばいいじょう》のスピードで、きみよりもどんどん歳《とし》をとっていくけれど、愛《いと》しいものだよ」

はい、と貴紀《たかのり》がこたえようとしたとき、レンの首輪《くびわ》がはずれ、レンが突然車道《とつぜんしゃどう》の真《ま》ん中《なか》まで走《はし》っていってしまった。

あぶない。クルマが近《ちか》づいてくる――。

「レン！」

おじさんがそう叫《さけ》んで飛《と》びだそうとしたとき、ラッキーがとても高《たか》い声《こえ》で吠《ほ》えた。

――ルオオオオオオン！

それはいままで聞《き》いたことのないような、獣《けもの》の声《こえ》だった。

ラッキーは全身《ぜんしん》の毛《け》を逆立《さかだ》てて、大地《だいち》を切《き》り裂《さ》くような吠《ほ》え声《こえ》をあげた。

その場《ば》にいる生《い》きものたちは等《ひと》しく立《た》ちすくんだ。それは近《ちか》づいてくるクルマの運転手《うんてんしゅ》も同《おな》じだったようだ。あっさりとレンの目《め》の前《まえ》でクルマは停止《ていし》した。

「ありがとう、ありがとう！」

おじさんは貴紀《たかのり》に何度《なんど》も頭《あたま》を下《さ》げた。それからラッキーのほうを向《む》いて、ほんとうにありがとう、と繰《く》りかえした。

「犬《いぬ》の能力《のうりょく》っていうのはすごいものだと思《おも》うけど、それ以上《いじょう》に――」

そう言《い》っておじさんはラッキーを見《み》つめた。

「――やさしくて強《つよ》い動物《どうぶつ》なんだなあって感動《かんどう》したよ」

ウサギのウィンは研究室《けんきゅうしつ》に戻《もど》された。

それで悲《かな》しんだのはお母《かあ》さんだったけれど、驚《おどろ》いたことに、その三日後《みっかご》には自分《じぶん》でウサギを買《か》ってきたのだった。

「この子《こ》の名前《なまえ》は『かっちゃん』にするわ。ウィンの意志《いし》をついでね」

それから貴紀《たかのり》は寄生虫学研究室《きせいちゅうがくけんきゅうしつ》の沢口教授《さわぐちきょうじゅ》にていねいに謝《あやま》った。教授《きょうじゅ》はその謝罪《しゃざい》を受《う》け入《い》れて、以後注意《いごちゅうい》するように、とだけ言《い》った。

もしかしたら教授《きょうじゅ》は、貴紀《たかのり》の頭《あたま》でじっくり考《かんが》えてもらいたかったのかもしれない。あの日《ひ》、『浅《あさ》はかな考《かんが》えを動物《どうぶつ》に押《お》しつけている』と教授《きょうじゅ》は言《い》った。実験用《じっけんよう》のウサギを勝手《かって》に自分《じぶん》のペットにして、なおかつそのまま自分《じぶん》の部屋《へや》で研究《けんきゅう》をつづけるなんていう考《かんが》えは、やっぱりよくないことだった。

なぜなら、実験動物《じっけんどうぶつ》を『家族《かぞく》』として愛《あい》することはできないからだ。

家族《かぞく》として受《う》け入《い》れるのなら、実験《じっけん》なんてかわいそうでできなくなる。
ペットとしてかわいがりながら、実験《じっけん》もする――。
もしもそんなことができる人間《にんげん》がいたら、それは人《ひと》でなしだ。
貴紀《たかのり》はそこにやっと気《き》づいた。
そして、自分《じぶん》のふるまいを恥《は》ずかしく思《おも》った。
動物《どうぶつ》と家族《かぞく》になること――それはとてもだいじな手続《てつづ》きがいるのだ。

6 白《はく》衣《い》の幽《ゆう》霊《れい》

「なあ佐藤《さとう》、このあいださ、不思議《ふしぎ》なことがあったんだ――」

研究室《けんきゅうしつ》を出《で》てすぐに、近藤《こんどう》が言《い》った。

「不思議《ふしぎ》なこと？　なんだよ、幽霊《ゆうれい》でも見《み》たとか？」

近藤《こんどう》はすこし青《あお》ざめた顔《かお》をして、だまっていた。

「……ほんとうに？」

「……おれはな、そういうのいっさい信《しん》じないし、くだらんとも思《おも》ってた。でもな」

近藤《こんどう》はごくっとつばをのんだ。

「見《み》たんだよ。若《わか》い女《おんな》の霊《れい》だ。学校《がっこう》でな」

「ええっ！　幽霊《ゆうれい》？」

思《おも》わず貴紀《たかのり》が叫《さけ》んで、近藤《こんどう》は彼《かれ》の口《くち》を押《お》さえた。

「ばっかおまえ、大《おお》きな声《こえ》出《だ》すなよ！……小声《こごえ》でしゃべれ小声《こごえ》で」

もごもごと貴紀《たかのり》はなにかを言《い》って、近藤《こんどう》の大《おお》きな手《て》をはがした。

「……若《わか》い女《おんな》の霊《れい》って、なんだよ」

「おとといのことだ、ほら、図書館《としょかん》があるだろ。あそこで出会《であ》ってしまった」

「あ、そうだ。図書館《としょかん》に返《かえ》してない本《ほん》があったなあ……」

「いいんだよ、そんなことは。いまは幽霊《ゆうれい》の話《はなし》だ。だからな、図書館《としょかん》に行《い》ったんだよ。午後三時《ごごさんじ》くらいだったかなあ。資料《しりょう》を探《さが》して、何冊《なんさつ》か見《み》つけて、はしっこの席《せき》に座《すわ》った」

ふんふん、と貴紀《たかのり》はちょっとからかう態度《たいど》で聞《き》いていた。

「そしたら急《きゅう》になんだか空気《くうき》がひんやりした感《かん》じになったんだよな。図書館《としょかん》には数人《すうにん》いたけれど、おれとはずいぶん離《はな》れていた。でもいたんだよ。それが急《きゅう》にいなくなって」

「んん？　なんだって？」

あいかわらず近藤《こんどう》は説明《せつめい》がへたくそだ。

「だから、図書館《としょかん》には数人《すうにん》ほど利用者《りようしゃ》がいたんだけど、はっと気《き》づいたらみんないなくなってたわけ。おれだけ。そしたらなぜかひんやりとした空気《くうき》になったわけ。あれれって思《おも》ってると、目《め》の前《まえ》に白衣《はくい》を着《き》た女《おんな》が立《た》ってて……」

近藤《こんどう》はあまり思《おも》い出《だ》したくないふうだった。

「白衣《はくい》？」

「そう。白衣《はくい》を着《き》て、すーっと通《とお》りすぎていった。すべるみたいに、音《おと》もなく。話《はな》しかけられたらやばい気《き》がしたよ。だからこっちも必死《ひっし》にチラ見《み》してた感《かん》じ」

「白衣《はくい》ってことは先生《せんせい》か生徒《せいと》か……まあどっちも着《き》てるか」

「でも図書館《としょかん》の中《なか》ではふつう脱《ぬ》ぐんじゃないか？　あんまりあそこで見《み》かけたことはないよなあ、白衣《はくい》なんて」

「で、近藤《こんどう》はどうしてそれが幽霊《ゆうれい》だと思《おも》ったの？　だってふつうに人間《にんげん》かもしれないじゃん」

「幽霊《ゆうれい》ぽいっていうか、『人間《にんげん》じゃない』って思《おも》ったんだよ」

近藤《こんどう》はわざと冗談《じょうだん》めかして言《い》った。

「生《い》きてる感《かん》じがしない。おれたちは死《し》んだものをよく知《し》ってるだろ。だから、わかるんだ。そういう存在《そんざい》だと思《おも》うよ、あれは」

「そういえば、ぼくらの学年《がくねん》でも自殺者《じさつしゃ》が出《で》たよな。あんまり考《かんが》えないようにしていたけど、けっこうストレスがたまるよな、獣医学部《じゅういがくぶ》ってさ……」

貴紀《たかのり》がそう言《い》うと、近藤《こんどう》はやめてくれえええ、と言《い》って、しゃがみこんで頭《あたま》をかかえてしまった。

「じゃあ、確《たし》かめに行《い》こう。また会《あ》えるかどうかはわからないけれど、興味《きょうみ》あるし。近藤《こんどう》だってこのまま図書館《としょかん》に行《い》けなくなるのは困《こま》るだろ？」

午後四時《ごごよじ》の図書館《としょかん》はすこしだけ薄暗《うすぐら》く、人影《ひとかげ》もまばらだった。近藤《こんどう》が幽霊《ゆうれい》と出会《であ》ったという席《せき》まで行《い》き、ふたりで並《なら》んで座《すわ》った。べつにどうということもなく、静《しず》けさがむしろ心地《ここち》よく感《かん》じられた。

「なあ、佐藤《さとう》」

「ん？」

「……おれたちの学年《がくねん》の自殺者《じさつしゃ》のことだけど」と近藤《こんどう》が言《い》った。

「うん。まさか知《し》り合《あ》いじゃないよな？」

「ちがうよ。まったく知《し》らない。ただ、自殺《じさつ》することがいけないなんて、誰《だれ》が決《き》めたんだろうなって」

「え？」

「犯罪《はんざい》じゃないけど、まあよくないことだろ、自殺《じさつ》って。でもさ、本人《ほんにん》はキツかったんだと思《おも》うんだよな。だから……うーん。親《おや》とか友《とも》だちとかが悲《かな》しむから、自殺《じさつ》してはいけないのか。それともただの社会的《しゃかいてき》ルールってだけなのか」

近藤《こんどう》がうなだれながらそう言《い》った。貴紀《たかのり》はうなずいて近藤《こんどう》を見《み》た。

「そりゃおれだって、友《とも》だちが自殺《じさつ》するって言《い》ったら、全力《ぜんりょく》で止《と》めるだろうけどさ」

と近藤《こんどう》がつづけて言《い》って、ぼーっと前《まえ》を見《み》つめた。そこに白衣《はくい》の幽霊《ゆうれい》の女《おんな》はいなかったけれど。

「動物《どうぶつ》たちは自殺《じさつ》をしない」

貴紀《たかのり》が重《おも》い口調《くちょう》で、ゆっくりと言《い》った。

「だから人間《にんげん》も自殺《じさつ》しちゃだめ、とは言《い》い切《き》れないかもしれないけど——そもそも動物《どうぶつ》たちには、自《みずか》ら死《し》ぬという選択肢《せんたくし》がない。どんな過酷《かこく》な状況《じょうきょう》でも懸命《けんめい》に生《い》きようとするだろう。——ぼくらは『動物《どうぶつ》たちは自殺《じさつ》しないぞ』っていうことを、大《おお》きな声《こえ》で言《い》いつづけるべきじゃないかと思《おも》う」

「だから死《し》ぬな、と？」

「うん。死《し》ぬなよ生《い》きろって。死《し》にたいなんていう気持《きも》ちはまやかしかもしれないよ。自《じ》殺《さつ》したいなんていう思《おも》いは、なにかにだまされているだけなのかもしれない。死《し》ぬな、生《い》きろ。動物《どうぶつ》たちみたいに」

貴紀《たかのり》はつづけざまに言《い》った。

「――自分《じぶん》の生命《せいめい》は自分《じぶん》の中《なか》だけにあるんじゃない。ぼくはそう思《おも》うよ」

近藤《こんどう》はにやりと笑《わら》って、そうだな、おまえらしい答《こた》えだ、と言《い》った。


一時間《いちじかん》ほど図書館《としょかん》で話《はなし》をしていたが、どうやら幽霊《ゆうれい》はあらわれなかったようだった。近《こん》藤《どう》が見《み》た白衣《はくい》の女《おんな》がほんとうに幽霊《ゆうれい》だとしたら、白衣《はくい》であることが彼女《かのじょ》にとって重要《じゅうよう》だったのだろうと思《おも》うと、貴紀《たかのり》はすこし悲《かな》しい気持《きも》ちになった。

死《し》んじゃってからも着《き》ているなんて。

図書館《としょかん》を出《で》て二人《ふたり》でほの暗《ぐら》い廊下《ろうか》を歩《ある》いていると、いきなり近藤《こんどう》がわあっと声《こえ》をあげた。

貴紀《たかのり》はおどろいて、そちらを見《み》た。心臓《しんぞう》が止《と》まりそうだった。

白衣《はくい》の女《おんな》――。

「なによ」

その女《おんな》の子《こ》は言《い》った。白衣《はくい》を着《き》ている。肌《はだ》は透《す》けるくらいに白《しろ》く、きゃしゃなからだつき。ロングヘアの前髪《まえがみ》ぱっつん。黒目《くろめ》がちで、ホラー映画《えいが》にでも出《で》てきそうな個性派女優《こせいはじょゆう》といった雰囲気《ふんいき》。でも、なかなかかわいい。

「……あんたさあ、こないだも図書館《としょかん》であたしを見《み》て変《へん》な感《かん》じだったよね？」

女《おんな》の子《こ》は近藤《こんどう》に向《む》かって言《い》った。

「人《ひと》のことをまるでおばけでも見《み》るみたいにさ」

近藤《こんどう》はぽかんと口《くち》を開《あ》けたまま、なにもしゃべらない。

「なにか言《い》ったらどうなのよ」

貴紀《たかのり》はあわててその女《おんな》の子《こ》に話《はな》しかけた。

「ごめんごめん、そういうわけじゃないんだ。ぼくは佐藤貴紀《さとうたかのり》。こいつは近藤竜太《こんどうりゅうた》。ふたりとも獣医学科《じゅういがっか》の四年生《よねんせい》。きみは？」

「緒形《おがた》ユカ。動物応用科学科《どうぶつおうようかがくか》の四年生《よねんせい》。野生動物学研究室《やせいどうぶつがくけんきゅうしつ》に所属《しょぞく》してます。……ねえ、あたしそんなに死《し》んだような顔《かお》をしてる？」

貴紀《たかのり》は近藤《こんどう》のふくらはぎを蹴《け》っ飛《と》ばしながら、そんなことない、と言《い》った。

近藤《こんどう》ははっとして（むしろほっとしたのかもしれない）、とってつけたような笑顔《えがお》を浮《う》かべた。

「いや、こないだは……ほんとうに失礼《しつれい》しちゃったなあ、あはは。でもなんだか雪女《ゆきおんな》のような美《うつく》しさをきみに感《かん》じちゃって、いやいや」

「雪女《ゆきおんな》ってぜんぜんほめてないよね」

緒形《おがた》ユカはそう言《い》いながら、くすっと笑《わら》った。

つられて貴紀《たかのり》も笑《わら》った。あとで近藤《こんどう》をこらしめてやらなきゃな、と思《おも》った。


緒形《おがた》ユカはとてもさばさばとした性格《せいかく》で、貴紀《たかのり》たちとすぐになかよくなった。あまり女《じょ》性《せい》らしさを感《かん》じさせないタイプではあったが、ふとしたときに見《み》せる伏《ふ》し目《め》がちな表情《ひょうじょう》は、透《す》き通《とお》るような白《しろ》い肌《はだ》とあいまって、こわいくらいにきれいだった。

彼女《かのじょ》は動物応用科学科《どうぶつおうようかがくか》にいる。獣医学部《じゅういがくぶ》といっても、獣医師《じゅういし》を目指《めざ》している学生《がくせい》は四割《よんわり》から六割《ろくわり》。そのほかは野生動物《やせいどうぶつ》の研究《けんきゅう》や水族館《すいぞくかん》・動物園《どうぶつえん》など、さまざまなかたちで動物《どうぶつ》とかかわっていこうとしている。

ユカは野生動物《やせいどうぶつ》の行動《こうどう》や生態《せいたい》などを調査《ちょうさ》していた。とくにニホンカモシカにくわしく、その話《はなし》をするときの目《め》の輝《かがや》きといったら少女《しょうじょ》マンガのようだった。

「どうしてそんなにカモシカのことが好《す》きなの？」

貴紀《たかのり》が聞《き》いた。

「ブナの森《もり》に雪《ゆき》が降《ふ》り積《つ》もるころ、あの子《こ》たちに出会《であ》ってみなさいよ。それはもう、美《うつく》しいんだから」

「『アオの寒立《かんだ》ち』っていうんだよね。真冬《まふゆ》に何時間《なんじかん》も立《た》ち尽《つ》くしているってやつ」

「近藤《こんどう》くん、よく知《し》ってるね。そう、『アオ』っていうのはマタギの言葉《ことば》でカモシカね。どうしてそんなことをするのかっていうのは、まだよくわかっていないんだけど」

ユカは言葉《ことば》をつづける。

「ニホンカモシカはウシ目《もく》ウシ科《か》カモシカ属《ぞく》に分類《ぶんるい》される偶蹄類《ぐうているい》。シカと名《な》づけられているけど、どちらかというと牛《うし》に近《ちか》いみたい。北海道《ほっかいどう》と中国地方《ちゅうごくちほう》を除《のぞ》いた本州《ほんしゅう》、四国《しこく》、九州《きゅうしゅう》に生息《せいそく》する日本固有《にほんこゆう》の種《しゅ》なの。特別天然記念物《とくべつてんねんきねんぶつ》ね。標高一五〇〇〜二〇〇〇《ひょうこうせんごひゃくにせん》メートルの山《さん》岳地帯《がくちたい》にすんでいるけれど、好奇心《こうきしん》が強《つよ》いって言《い》われてる。人間《にんげん》を見《み》ても、ぜんぜん逃《に》げないもの。だから『アオの寒立《かんだ》ち』もけっこう見《み》られるチャンスがあるの」

「マタギって言葉《ことば》は聞《き》いたことがあるけれど……」

貴紀《たかのり》が口《くち》をはさんだ。ユカが答《こた》える。

「マタギは狩猟《しゅりょう》を専業《せんぎょう》とする人《ひと》たちね。でも、いまどきのハンターとは別《べつ》。生命《せいめい》の考《かんが》えかたや、宗教《しゅうきょう》についての考《かんが》えかたが独特《どくとく》なの。女性《じょせい》と会話《かいわ》したり、からだに触《ふ》れたりすること、鉄砲《てっぽう》をまたぐことなどがタブーらしいよ」

「へえ、おもしろいね」

「獲物《えもの》をしとめたときには、特別《とくべつ》な呪文《じゅもん》をとなえるんだって。なんだかぐっとくるよね！マタギにとっても、カモシカは特別《とくべつ》っていうこと。クマと並《なら》んでね」

ユカはそう言《い》って、貴紀《たかのり》に話《はな》しかけた。

「佐藤《さとう》くんはどうして獣医師《じゅういし》になりたいの？」

貴紀《たかのり》はラッキーとのできごともふくめて、いままでのことを話《はな》した。

「……そういうのって興味深《きょうみぶか》いな」

ユカがつづけて言《い》った。

「うん、あなたたちの夢《ゆめ》はぜったい叶《かな》うと思《おも》う！　つまり獣医《じゅうい》さんになるってこと」

「叶《かな》いますように。もうほんとに。お願《ねが》いだから」

近藤《こんどう》がふざけながらそう言《い》った。

「マタギのことだけどさ、特別《とくべつ》な呪文《じゅもん》ってどんなのだろう？」

貴紀《たかのり》が聞《き》いた。

「いろいろなものがあるみたいだけど……でもそこには共通点《きょうつうてん》があってね。それは〝感謝《かんしゃ》〟と〝恐《おそ》れ〟なの。彼《かれ》らには自分《じぶん》だけの力《ちから》で勝《か》ち取《と》った、という考《かんが》えがないみたいね。山《やま》の神《かみ》さまがそこにいるからこそ、ということみたい」

貴紀《たかのり》は思《おも》った。もしかしたら動物《どうぶつ》にかかわる人間《にんげん》すべてが、敬《うやま》う気持《きも》ちを持《も》たなければならないのかもしれない、と。

「特別《とくべつ》な呪文《じゅもん》が『ありがとう』みたいなものだとしたら」

そう言《い》って貴紀《たかのり》は、自《みずか》らに言《い》い聞《き》かせるように言葉《ことば》をつづけた。

「ぼくらはまったくちがう生《い》きものとして、この地球上《ちきゅうじょう》で動物《どうぶつ》たちと並《なら》んで立《た》っている。ぼくは動物《どうぶつ》たちのことを知《し》りたいと思《おも》うよ。そのためには特別《とくべつ》な呪文《じゅもん》も使《つか》うつもり」

「人間《にんげん》を化《ば》かすような能力《のうりょく》も持《も》ってるから、そこにも気《き》をつけてね」

ユカがふざけて言《い》って、そうだ、タヌキには注意《ちゅうい》しなくちゃね、とみんなで笑《わら》った。

7 決意《けつい》のクリスマス・イブ

獣医学部《じゅういがくぶ》の毎日《まいにち》はあいかわらずの忙《いそが》しさだった。

牛《うし》が一頭《いっとう》、逃《に》げ出《だ》して校内《こうない》で大暴《おおあば》れした。貴紀《たかのり》も牛《うし》をつかまえるため走《はし》りまわったが、あやうく重量級《じゅうりょうきゅう》のキックを食《く》らうところだった。でも、すばやい動作《どうさ》でそれをよけたのだ。

「すげえぞ佐藤《さとう》！」という声《こえ》がどこからか聞《き》こえたが、そちらを向《む》かなくても近藤《こんどう》だということがわかった。

あくる日《ひ》はバイオサイエンスの授業《じゅぎょう》で、体細胞《たいさいぼう》クローン技術《ぎじゅつ》の講義《こうぎ》を受《う》けた。絶滅危惧種《ぜつめつきぐしゅ》の保護《ほご》というテーマがメインにされていたが、講義《こうぎ》をしていた教授《きょうじゅ》の興味《きょうみ》はどうも別《べつ》のところにあるようだった。

「私《わたし》はね……サスケを取《と》り戻《もど》したいのですよ。一年前《いちねんまえ》に死《し》んでしまったわが柴犬《しばいぬ》、サスケをね！」

さらにあくる日《ひ》はドイツ語《ご》をみっちりと。現在《げんざい》はカルテにもあまり使《つか》われなくなったドイツ語《ご》だが、伝統《でんとう》の学問《がくもん》であることには変《か》わりない。もちろん英語《えいご》も。それから獣医栄養学《じゅういえいようがく》、さらに動物分類学《どうぶつぶんるいがく》、はたまた心理学《しんりがく》（人間《にんげん》の）に至《いた》るまで、さまざまな学問《がくもん》とその実《じっ》習《しゅう》に明《あ》け暮《く》れた。獣医師《じゅういし》にはさまざまな知識《ちしき》と、それを応用《おうよう》する知性《ちせい》が必要《ひつよう》なのだ。

日々《ひび》は過《す》ぎていき、いよいよ獣医師国家試験《じゅういしこっかしけん》がせまってきた。

獣医師国家試験《じゅういしこっかしけん》は〝落《お》とす〟ための試験《しけん》ではない。がんばれば七《しち》、八割《はちわり》は受《う》かるものだ。定員《ていいん》は決《き》まっていないから、よい点《てん》をとれば合格《ごうかく》する。かんたんなルールだ。

だから貴紀《たかのり》と仲間《なかま》たちは、国家試験《こっかしけん》に向《む》けて合格《ごうかく》プランを練《ね》った。それはみんなで勉強《べんきょう》して、答《こた》えや考《かんが》えかたをシェアすることだった。

これはとてもよいやりかただった。ひとりで勉強《べんきょう》するよりもずっと効率《こうりつ》がいい。試験勉《しけんべん》強《きょう》というものは、深《ふか》く掘《ほ》り下《さ》げるようなものじゃない。まんべんなく、道《みち》をひろげていくものなのだ。

「あーあ。ユカちゃんはいいよなあ。受験《じゅけん》しないでいいんだからさ」

近藤《こんどう》が緒形《おがた》ユカに向《む》かってそう言《い》った。

「当《あ》たり前《まえ》でしょ。あたしは獣医《じゅうい》になるわけじゃないんだから」

「そのわりには、ずいぶん勉強《べんきょう》につきあってくれるよね」

貴紀《たかのり》が参考書《さんこうしょ》に目《め》を落《お》としながら言《い》った。

「……あたしは卒業《そつぎょう》したらアラスカに行《い》っちゃうからさ、まあサービスよ」

「ええっ？　アラスカ――？」

ユカはこくり、とうなずいた。

「フィールドワークをね、してきたいの。アラスカでムースっていう大《おお》きなシカの生態《せいたい》を研究《けんきゅう》してくるんだ。アラスカは、あこがれの地《ち》だったの。むかしからね」

貴紀《たかのり》と近藤《こんどう》は顔《かお》を見《み》あわせて、あらためてユカの表情《ひょうじょう》を確認《かくにん》した。彼女《かのじょ》はすこしさみしそうだった。窓《まど》の外《そと》から風《かぜ》が吹《ふ》いて、ユカの短《みじか》い前髪《まえがみ》を揺《ゆ》らした。

「……みんなばらばらになっちゃうんだな」

近藤《こんどう》がなさけない声《こえ》でそう言《い》って、そんなこと言《い》うなばか、ばか近藤《こんどう》、とユカに消《け》しゴムを投《な》げつけられた。

たしかにもう学生生活《がくせいせいかつ》は終《お》わりなのだ。あらためてそう思《おも》うと、月日《つきひ》が経《た》つのはなんと早《はや》いことか。

ふと、ラッキーはいくつになったんだっけ、と貴紀《たかのり》は思《おも》った。……そうか、もう一七歳《じゅうななさい》だ。最近《さいきん》はずいぶん年《とし》をとった。毛色《けいろ》はうすくなり、目《め》つきもはっきりしない。後《うし》ろ脚《あし》もまたすこし悪《わる》くなったみたいで、歩《ある》くのもやっとだった。

貴紀《たかのり》は一年《いちねん》ほど前《まえ》のラッキーの誕生日《たんじょうび》を思《おも》い出《だ》した。

その日《ひ》はラッキーの後《うし》ろ脚《あし》の具合《ぐあい》が悪《わる》かったので、散歩《さんぽ》には出《で》かけずに、貴紀《たかのり》はラッキーと庭《にわ》にすわって空《そら》を眺《なが》めていた。

雲《くも》ひとつない冬《ふゆ》らしい快晴《かいせい》の空《そら》。ぽかぽかとふりそそぐ日差《ひざ》しに、いつのまにか貴紀《たかのり》は塀《へい》にもたれかかったまま、眠《ねむ》りに落《お》ちていた。

その夢《ゆめ》はとてもすてきだった。

――貴紀《たかのり》、ぼくだよ。ラッキーだよ。

ラッキーの声《こえ》は子《こ》どもみたいだった。すこし甘《あま》えた感《かん》じのする、透《す》きとおった声《こえ》。

――きみが獣医《じゅうい》さんになるのがたのしみなんだ。ぼくのことをいつも気《き》にかけてくれてありがとう。

――なんだよ、ラッキー。あらたまっちゃって。だいじょうぶだよ、ぼくは獣医師《じゅういし》になるし、きみとずっといっしょだよ。どんな病気《びょうき》だって、ぼくが治《なお》してあげるから。

――そうだね。期待《きたい》しているよ。じつは泣《な》き虫《むし》な貴紀《たかのり》だからさ、ちょっと心配《しんぱい》なんだよ。

そこで目《め》を覚《さ》ました貴紀《たかのり》は、となりにいるラッキーを見《み》た。

ラッキーはすやすやと眠《ねむ》っていた。

夢《ゆめ》とはいえ、ラッキーと会話《かいわ》できたことが貴紀《たかのり》にはうれしかった。ラッキーの声《こえ》はどこかで聞《き》いたことがある気《き》がした。ずっとむかしの友《とも》だちの声《こえ》だっただろうか？　それともテレビかなんかで聞《き》いた子役《こやく》の声《こえ》？　あるいは子《こ》どもだったときの自分《じぶん》の声《こえ》だったかもしれない。

「……ラッキー。もしかしたらきみは喋《しゃべ》れるのかもね。いつかまた夢《ゆめ》の中《なか》でおしゃべりをしようよ。こんどはもっと長《なが》く、たっぷりとさ」

そしてラッキーとの散歩《さんぽ》は、のんびりとしたものに変化《へんか》していた。

川《かわ》のほとりに座《すわ》って、水《みず》のにおいや、土《つち》の感触《かんしょく》を楽《たの》しんだ。

後《うし》ろ脚《あし》の調子《ちょうし》があまりよくなくて歩《ある》きづらそうなときは、ドッグカートに乗《の》せた。

ほんの三〇分《さんじっぷん》くらいの外出《がいしゅつ》だったが、おたがいになくてはならない日常《にちじょう》の、たいせつな、たいせつな時間《じかん》だった。

クリスマス・イブ。街《まち》はとてもにぎやかで華《はな》やかだったが、国家試験《こっかしけん》を間近《まぢか》にひかえていた貴紀《たかのり》たちにはあまり関係《かんけい》がなかった。

ただ、あまりにもみな浮《う》かれていて楽《たの》しそうだったので、勉強《べんきょう》のあいまに貴紀《たかのり》はひとりで街《まち》へ繰《く》り出《だ》した。ほんのすこしだけ息抜《いきぬ》きをするつもりだったのだ。紺《こん》のダッフルコートに鮮《あざ》やかなブルーのマフラーをぐるぐるに巻《ま》いて、両手《りょうて》をポケットにつっこみ、玄関《げんかん》のドアを開《あ》けた。

時刻《じこく》は午後六時《ごごろくじ》過《す》ぎ。すでに日《ひ》は落《お》ち暗《くら》くなり、街《まち》の灯《ひ》はとてもきれいだった。

貴紀《たかのり》はポケットに手《て》をつっこみながら、星明《ほしあ》かりについて考《かんが》える。ネオンが明《あか》るすぎて星《ほし》はまったく見《み》えないけれど、確実《かくじつ》にそこにあるはずだった。

目《め》を細《ほそ》め、道《みち》ばたで立《た》ち止《ど》まって息《いき》を吐《は》く。雑踏《ざっとう》が気《き》にならなくなる。自分《じぶん》の心臓《しんぞう》に想《そう》像《ぞう》の聴診器《ちょうしんき》をあて、鼓動《こどう》を聞《き》く。

ところが、いきなりその静寂《せいじゃく》は打《う》ち破《やぶ》られた。それは足音《あしおと》だった。

足早《あしばや》に貴紀《たかのり》の前《まえ》を通《とお》りすぎるその足音《あしおと》には、なにかせっぱ詰《つ》まったような響《ひび》きがあった。

底《そこ》の厚《あつ》いブーツ。思《おも》わずそちらを見《み》ると、見覚《みおぼ》えのある男《おとこ》の横顔《よこがお》。


——それは、切実《せつじつ》さだよ。


「水樹《みずき》！」

貴紀《たかのり》は思《おも》わずその男《おとこ》の背中《せなか》に向《む》かって叫《さけ》んでいた。けれども男《おとこ》は気《き》づかず、振《ふ》り返《かえ》ることもなくそのまま進《すす》んでいく。雑踏《ざっとう》の中《なか》をかき分《わ》けながら、水樹洋介《みずきようすけ》と思《おも》われる男《おとこ》の背中《せなか》を見失《みうしな》わないように、注意深《ちゅういぶか》く追《お》いかけていった。先《さき》の信号《しんごう》で止《と》まるはずだ。そのときに声《こえ》をかけよう。

ところが信号《しんごう》は青《あお》で、男《おとこ》はそのますますたすたと歩《ある》いていく。クリスマス・イブの人《ひと》ごみは増《ま》すばかりで、彼《かれ》との距離《きょり》はすこしずつ遠《とお》くなっている。

貴紀《たかのり》はあきらめよう、と思《おも》った。そもそもあれが水樹《みずき》かどうかもわからない。……それに、声《こえ》をかけて、引《ひ》きとめて、そのあとになにを話《はな》すんだ？　もともとそんなに親《した》しいわけでもなかった水樹《みずき》に、なんて言《い》う？

もしも水樹《みずき》が大学受験《だいがくじゅけん》に失敗《しっぱい》していたら、もうすぐ獣医師国家試験《じゅういしこっかしけん》なんだ、と得意顔《とくいがお》で話《はな》すのか？　どうだ、ざまあみろ、おれのほうが上《うえ》だったじゃないか――。

貴紀《たかのり》はその場《ば》に立《た》ちすくんだ。

――それがきみのよくないところだ。

なぜか頭《あたま》の中《なか》に沢口教授《さわぐちきょうじゅ》の声《こえ》が響《ひび》いた。

まだ決《き》まってもいないことで勝手《かって》にびびるな。きみが傷《きず》つきたくないんだろう？　相手《あいて》がどう思《おも》うかなんて関係《かんけい》ない。自分《じぶん》がやるべきことをやるんだ。

貴紀《たかのり》は顔《かお》をあげて走《はし》った。男《おとこ》の背中《せなか》が近《ちか》づいてくる。

「水樹《みずき》！」

ところがそのとき、貴紀《たかのり》のマフラーがすれちがう通行人《つうこうにん》のバッグにからまって、ぐいっと引《ひ》っぱられバランスをくずした。まずい、と思《おも》ったが、とっさにできる行動《こうどう》は受《う》け身《み》をとることとくらいだった。

青《あお》いマフラーが宙《ちゅう》を舞《ま》うのが見《み》えた。

貴紀《たかのり》はそのまま転倒《てんとう》した。すこし手《て》のひらをすりむいただけですんだのは、運《うん》がよかったのかもしれない。

通行人《つうこうにん》にていねいに謝《あやま》って、前《まえ》を見《み》た。すでに男《おとこ》の姿《すがた》はなかった。ほんのすこし目《め》を離《はな》しただけだったのに。

夜《よる》の街《まち》は黒《くろ》い人《ひと》だかりでごったがえしていた。いまは会《あ》えなかった。けれども、あのときたしかに水樹《みずき》は言《い》った。

——佐藤《さとう》、もしかしたらおれたちの勝負《しょうぶ》は、獣医師《じゅういし》になってからがほんものかもな。

貴紀《たかのり》はなんだかおかしくなってきて、くすくすと思《おも》わず笑《わら》ってしまった。そうだね、きっと獣医師《じゅういし》になったら――。

すりむいた手《て》のひらがすこしだけ痛《いた》んだけれど、なぜか気分《きぶん》は悪《わる》くなかった。

帰《かえ》ろう、と思《おも》って歩《ある》き出《だ》すと、後《うし》ろから声《こえ》をかけられた。

「佐藤《さとう》くん！」

それは緒形《おがた》ユカだった。赤《あか》いコートに白《しろ》いマフラー。そして白《しろ》い息《いき》を吐《は》きながら、貴紀《たかのり》のことを見《み》つめていた。

彼女《かのじょ》は冬《ふゆ》そのものに見《み》えた。あるいは冬《ふゆ》の代理人《だいりにん》。ロマンチックにいえば冬《ふゆ》の妖精《ようせい》。そのたたずまいはどこか神秘的《しんぴてき》で、出会《であ》ったころの幽霊《ゆうれい》さわぎを思《おも》い出《だ》した。

「……緒形《おがた》さん」

「こんなところでなにしてるの？　受験生《じゅけんせい》なのに」

そう言《い》って彼女《かのじょ》は笑《わら》った。

「……うん、獣医師《じゅういし》になろうってあらためて決意《けつい》していたところだよ」

貴紀《たかのり》も笑《わら》った。

「……メリークリスマス。佐藤《さとう》くん」

「メリークリスマス。緒形《おがた》さん」

まっ白《しろ》な二人《ふたり》の吐息《といき》が、夜《よる》の闇《やみ》にゆっくりと溶《と》けてゆく。もしかしたら雪《ゆき》になるのかもしれない――貴紀《たかのり》は夜空《よぞら》を見上《みあ》げた。

星《ほし》は見《み》えないけれど、そこにあるのだ――。

8 お別《わか》れの季《き》節《せつ》

「うわ、あそこA《エー》かよ……」

ぶつぶつ言《い》っては空《そら》をあおぐ男《おとこ》がいた。近藤《こんどう》だ。ああ、あそこはB《ビー》だったのかよ……。

貴紀《たかのり》はそんな彼《かれ》に、まあなんとかなるだろ、命《いのち》までとられるわけじゃなしと、肩《かた》に手《て》を置《お》いた。

「佐藤《さとう》、おまえはどうだったんだよ……」

「ん？　ばっちり」

気《き》に入《い》らねえええ、と近藤《こんどう》は言《い》って、貴紀《たかのり》の首《くび》をしめるふりをした。

二日間《ふつかかん》かけておこなわれた、獣医師免許《じゅういしめんきょ》という国家資格《こっかしかく》を取得《しゅとく》するための試験《しけん》——獣医《じゅうい》師国家試験《しこっかしけん》がようやく終《お》わった。ほころびはじめた梅《うめ》のつぼみが、早春《そうしゅん》の陽射《ひざ》しを浴《あ》びてきらめいている。

合格《ごうかく》の基準《きじゅん》は、必須問題《ひっすもんだい》が七〇《ななじっ》パーセント以上《いじょう》の得点《とくてん》、ほかの問題《もんだい》も同《おな》じくらいの得点《とくてん》を満《み》たしたもの、ということになっている。とくにわからなかった問題《もんだい》はなかったから、まずまずの手《て》ごたえを貴紀《たかのり》は感《かん》じていた。

「おつかれさま！　どうだったの」

緒形《おがた》ユカが手《て》を小《ちい》さく振《ふ》りながらやってきた。

「近藤《こんどう》はもうだめだ」

貴紀《たかのり》がふざけた態度《たいど》で言《い》った。ふざけんじゃねえ、あきらめてたまるかと近藤《こんどう》がまた貴《たか》紀《のり》の首《くび》をしめた。

「……もうすぐ結果《けっか》が出《で》るでしょ。そのあとは卒業《そつぎょう》、そしてすぐに就職《しゅうしょく》か……。ついに獣《じゅう》医《い》さんになるんだね」

ユカがしんみりと言《い》った。

「まあ、近藤《こんどう》はやり直《なお》すことになるだろうけどね」

「ばっか、おれが間違《まちが》ったのはあそこの部分《ぶぶん》だけだっての。それにマークシートなんだから、もしかしたら、もしかするじゃん」

「まあ、なんにも書《か》かないよりは可能性《かのうせい》あるよな」

みんな笑《わら》った。泣《な》いても笑《わら》っても、ひとまず試験《しけん》は終《お》わったのだ。それぞれの道《みち》にうまく進《すす》むことができればいいな、と貴紀《たかのり》は思《おも》った。

三月《さんがつ》に獣医師国家試験《じゅういしこっかしけん》の結果《けっか》が発表《はっぴょう》された。

合格《ごうかく》――。

ついに念願《ねんがん》の獣医師免許《じゅういしめんきょ》を手《て》にすることができた。


貴紀《たかのり》は都内《となない》の動物病院《どうぶつびょういん》に就職《しゅうしょく》が内定《ないてい》していた。さっそく四月《しがつ》のはじめから新米獣医師《しんまいじゅういし》として働《はたら》くことになる。

獣医師国家試験《じゅういしこっかしけん》にはもちろん受《う》かるものと考《かんが》えていたし、あとにはひけないプレッシャーも、貴紀《たかのり》に味方《みかた》してくれたのだろう。

近藤《こんどう》も合格《ごうかく》した。彼《かれ》も別《べつ》の動物病院《どうぶつびょういん》からいつのまにか内定《ないてい》をもらっていた。なかなか抜《ぬ》け目《め》のない男《おとこ》だが、内心《ないしん》は不安《ふあん》だったにちがいない。合格《ごうかく》がわかったときの近藤《こんどう》のガッツポーズといったら、まるでマンガのようだった。

緒形《おがた》ユカは、ひと足早《あしはや》くアラスカへ行《い》ってしまった。いつ戻《もど》ってくるのかも決《き》まっていなかった。

彼女《かのじょ》は卒業式《そつぎょうしき》にも出席《しゅっせき》せずに出発《しゅっぱつ》することになった。スケジュールがうまく組《く》めなかったという理由《りゆう》だったけれど、彼女《かのじょ》らしいなと貴紀《たかのり》は思《おも》った。ほんとうはとてもさみしがりやなのだ。

彼女《かのじょ》が旅立《たびだ》つ日《ひ》、空港《くうこう》に見送《みおく》りに行《い》った貴紀《たかのり》と近藤《こんどう》は、また会《あ》おうね、と言《い》ってユカの白《しろ》い手《て》を握《にぎ》った。それはとてもきゃしゃな手《て》だったが、近藤《こんどう》のガッツポーズにも負《ま》けない内《うち》なる力《ちから》がこめられていた。

「ふたりとも、元気《げんき》でね」

「日本《にほん》に戻《もど》るときは連絡《れんらく》してくれよ」

ユカはこくりとうなずき、とびきりの笑顔《えがお》を浮《う》かべた。

「——がんばれ、動物《どうぶつ》たちのお医者《いしゃ》さん！」

彼女《かのじょ》はそう言《い》ってコンコースを歩《ある》いていった。大《おお》きなバックパックをひょいとかつぎ、背中《せなか》を向《む》けたら、もう二度《にど》と振《ふ》りかえらなかった。

そういえば、春《はる》というのは別《わか》れの季《き》節《せつ》だったんだっけ。

出《で》会《あ》いと別《わか》れが、かならずセットならいいのに。なにかと別《わか》れたら、なにかに出《で》会《あ》える。

あるいはがんばったらまた貴《たか》紀《のり》と会《あ》える——そんなのだったらいいのに。


ねえ貴《たか》紀《のり》、覚《おぼ》えてるかな。

きみの夢《ゆめ》にいちどおじゃましたことがあったよね。

獣《じゅう》医《い》さんになってほしいって、ちゃんと伝《つた》えたかったからさ。そして、きみはほんとうに獣《じゅう》医《い》師《し》になった。ぼくはとってもうれしかったんだ。もう忘《わす》れてしまったかもしれないけれど、きみが獣《じゅう》医《い》師《し》免《めん》許《きょ》を家《か》族《ぞく》のみんなに誇《ほこ》らしげに見《み》せた夜《よる》、ぼくはひさびさにジャンプしたよね。あれは自《じ》分《ぶん》でもびっくりしたな。

「……ラッキー！　しっかりしてよ！」

ああ、貴紀《たかのり》の声《こえ》が聞《き》こえる。

ほんとうに残念《ざんねん》だけど、ぼくはそろそろ行《い》かなくちゃいけないみたいだ。犬《いぬ》にだって、恋《こい》しい気持《きも》ちがある。いとしくて、そばにいたい思《おも》いもある。


でも、もう決《き》まっていることなんだ。


犬《いぬ》ってね、けっこうがまん強《づよ》いんだ。

すこしくらい痛《いた》くったって、なんてことのない顔《かお》をして、飼《か》い主《ぬし》に心配《しんぱい》をかけないようにすることだってできる。気《き》を失《うしな》いそうになっているときも、まるで眠《ねむ》くなったようなそぶりでやりすごすことも可能《かのう》なんだ。だいじな誰《だれ》かのためならね。

まあ、ぼくも歳《とし》をとったってことさ。あちこち傷《いた》んでる。

一七歳《じゅうななさい》という年齢《ねんれい》は、犬《いぬ》としてはずいぶん生《い》きたほうだろう。

ぼくは名前《なまえ》のとおり、ほんとうにラッキーだった。すてきな家族《かぞく》にめぐりあえた。みんな、とってもやさしかった。

貴紀《たかのり》はぼくの動《うご》かなくなった後《うし》ろ脚《あし》をていねいにまたマッサージしてくれた。おしっこも出《で》なくなっちゃったから、専用《せんよう》の器具《きぐ》を使《つか》っておしっこのたまった部分《ぶぶん》をまるごと洗《あら》ってくれた。よっ、さすが獣医《じゅうい》さん、と心《こころ》の中《なか》でおちゃらけてつぶやいたけれど、ちょっと痛《いた》かったな。まだ新米《しんまい》だものね。……あはは。

「ラッキー……またいっしょに川沿《かわぞ》いを歩《ある》こうよ。大好《だいす》きなボール遊《あそ》びだってまたできるようになるかもしれない。ほら、ほら！……ビーフジャーキーも、アイスクリームも、生《なま》クリームだって、チーズだって……食《た》べさせてあげる。いやだ、もうすこしがんばって。お願《ねが》いだから」

貴紀《たかのり》の声《こえ》が聞《き》こえる。

「ぼくが獣医師《じゅういし》になれたのは、きみのおかげなんだよ」

貴紀《たかのり》はそう言《い》って、ぼくの顔《かお》をさわった。その手《て》のひらから、貴紀《たかのり》のやさしさに満《み》ちた温《ぬく》もりが伝《つた》わってくる。いつもなでてくれてありがとう。

「……ラッキー！」

ぼくはとっても気持《きも》ちが楽《らく》になった。

たぶんぼくは、ずっと夢《ゆめ》からさめないみたいに、きみの中《なか》で生《い》きつづけるんだ。


ラッキーは力尽《ちからつ》きた。

そういえば犬《いぬ》が笑《わら》うのは、どんなときだっただろう。おやつをもらうとき？　それとも散歩《さんぽ》に出《で》かけるとき？

そう、わくわくして、うれしいときだ。

ラッキーは笑顔《えがお》としかいいようのない表情《ひょうじょう》を浮《う》かべ、貴紀《たかのり》の腕《うで》の中《なか》で静《しず》かに息《いき》をひきとった。満足《まんぞく》そうに、そして楽《たの》しそうに。

貴紀《たかのり》は泣《な》いていた。不思議《ふしぎ》なことに声《こえ》は出《で》なかった。ただ涙《なみだ》だけがほおを濡《ぬ》らし、ひざを濡《ぬ》らしていった。

お父《とう》さんもお母《かあ》さんも兄《あに》たちも、それを見守《みまも》っていた。

お母《かあ》さんが貴紀《たかのり》に声《こえ》をかけた。

「……いい顔《かお》してるわね。ラッキーはほんとうにしあわせだったと思《おも》う。あなたはよくがんばったわ。これから貴紀《たかのり》が獣医《じゅうい》さんをつづけていくために、今日《きょう》というできごとがきっと力《ちから》になるはず。……がんばれ、佐藤先生《さとうせんせい》！」

お母《かあ》さんはそう言《い》って、自分《じぶん》の涙《なみだ》をぬぐった。

「貴紀《たかのり》、長《なが》いあいだ、よくめんどうをみたね。正直《しょうじき》な話《はなし》、きみがここまでやるとは思《おも》わなかった」

お父《とう》さんが言《い》った。

「貴紀《たかのり》はラッキーをほんとうの意味《いみ》で家族《かぞく》にしたんだ。すごいことだよ。お父《とう》さんからもお礼《れい》を言《い》わなくちゃな」

「ぼくは……ただただラッキーのことが好《す》きだったんだ」

貴紀《たかのり》がそう言《い》って、うなだれた。

「まだいっしょにいたかったんだ」

兄《あに》たちがやってきて、ラッキーに触《ふ》れた。彼《かれ》らだってとっても悲《かな》しかったのだ。

「……ラッキーはうちにきて、うれしかったかな」

「うん、うれしかったよ」

お父《とう》さんが答《こた》えた。

「犬《いぬ》の気持《きも》ちがわからない、なんていう人間《にんげん》は、人間《にんげん》の気持《きも》ちだってわかりっこないさ」

貴紀《たかのり》はだまって聞《き》いていた。とめどなく涙《なみだ》があふれて、どうにもならないこの衝撃《しょうげき》を、ただ受《う》けとめていた。

「ラッキーと暮《く》らして、ほんとうにそう思《おも》ったよ。おどろくくらいに意志《いし》が通《つう》じる――人《にん》間《げん》と犬《いぬ》はずっとむかしからいっしょに過《す》ごしてきた。どんな動物《どうぶつ》もつけ入《い》ることができないくらい、そばにいた」

お父《とう》さんは、横《よこ》になったままの、もう動《うご》かないラッキーを見《み》た。

「むかしの人《ひと》たちも、きっと別《わか》れのときにはこんな気持《きも》ちになったはずだ。悲《かな》しくて、やりきれなかっただろう。さよならはつらいけれど、老衰《ろうすい》だったのだから、それはしあわせなことなんだ。だから、悲《かな》しみを乗《の》り越《こ》えたら、また前《まえ》を向《む》いていこう」

貴紀《たかのり》は涙《なみだ》をふいて、もういちどラッキーのからだに触《ふ》れた。

体温《たいおん》がうばわれていく感《かん》じがわかる。

血《ち》のめぐりがなくなったことが伝《つた》わる。

ラッキーが、このなきがらからどんどん遠《とお》ざかっていく。

この瞬間《しゅんかん》を覚《おぼ》えておこう、と貴紀《たかのり》は思《おも》った。

心臓《しんぞう》が止《と》まって、血液《けつえき》が血管内《けっかんない》で停止《ていし》した。生命活動《せいめいかつどう》のエネルギーが消《き》えて、熱《ねつ》を生《う》み出《だ》さなくなった。死《し》ぬということは、実《じつ》にあっけなかった。それはほんとうに自然《しぜん》にやってきた。

貴紀《たかのり》はそっと手《て》を離《はな》し、立《た》ちあがった。

それから自分《じぶん》の手《て》のひらを見《み》つめ、みんなに言《い》った。

「ラッキーはもうぼくの中《なか》にいるよ――。じゃあ病院《びょういん》に行《い》ってくるね。今日《きょう》は夜勤《やきん》だから、朝《あさ》まで戻《もど》らない」

9 小笠原《おがさわら》どうぶつクリニック

四月《しがつ》から貴紀《たかのり》は動物病院《どうぶつびょういん》に勤《つと》めはじめていた。いよいよ獣医師《じゅういし》として働《はたら》くことになったのだ。そこは個人経営《こじんけいえい》のクリニックで『小笠原《おがさわら》どうぶつクリニック』という名前《なまえ》だった。大学《だいがく》の卒業式《そつぎょうしき》が三月《さんがつ》のはじめだったから、ふつうならまだまだ学生気分《がくせいきぶん》が残《のこ》りそうなものだったが、そんなことを言《い》っている場合《ばあい》ではなかった。とにかく忙《いそが》しく、寝不足《ねぶそく》の日々《ひび》がつづいていた。

二十四時間診療《にじゅうよんじかんしんりょう》ではなかったが、入院《にゅういん》している動物《どうぶつ》たちのめんどうをみるために、夜勤《やきん》をしなければならなかったからだ。

「佐藤《さとう》、今日《きょう》は夜勤《やきん》だっけ。悪《わる》いんだけどそのまま明日《あした》の夕方五時《ゆうがたごじ》までいてくれないか？」

そう言《い》ったのは先輩獣医師《せんぱいじゅういし》の中田《なかた》だ。

「はい、わかりました」

貴紀《たかのり》はそう返事《へんじ》をした。かなりきつい状況《じょうきょう》だけど、しかたない。

なんだかいつも病院《びょういん》にいる気《き》がしてきた。

朝《あさ》は七時前《しちじまえ》に出勤《しゅっきん》して、院内《いんない》のそうじ、ゴミ出《だ》し、器材《きざい》の整理《せいり》やカルテの準備《じゅんび》。朝九時《あさくじ》に開院《かいいん》するまでに、こなさなければいけない仕事《しごと》がたくさんあった。

新人獣医師《しんじんじゅういし》として在籍《ざいせき》するのは貴紀《たかのり》だけではない。桜井佑樹《さくらいゆうき》と持田《もちだ》さやかのふたりもいた。

彼《かれ》らは同《おな》い年《どし》だったので、あまり気《き》を使《つか》わずに接《せっ》することができた。

「佐藤先生《さとうせんせい》、わたしが代《か》わってあげるよ」

持田《もちだ》さやかがそう言《い》った。今日《きょう》の夜勤《やきん》を代《か》わってくれるというのだ。

「いや、いいよだいじょうぶ。まだ倒《たお》れない気《き》がするから。ありがとう」

貴紀《たかのり》は笑《わら》ってみせた。

「でもこれで三日連続《みっかれんぞく》よ。中田先生《なかたせんせい》もあんまりだよ。ちょっと先輩《せんぱい》だからって、いいように後輩《こうはい》を使《つか》ってさ」

「たしかに、あの人《ひと》ちょっと調子《ちょうし》よすぎる感《かん》じだな」

口《くち》をはさんだのは桜井佑樹《さくらいゆうき》だ。彼《かれ》もそうとうやられているのだろう。

「このクリニックって、体育会系《たいいくかいけい》だよな。根性《こんじょう》があればなんでもできるみたいに言《い》うし。

根性《こんじょう》で動物《どうぶつ》の病気《びょうき》は治《なお》せないだろ」

桜井《さくらい》がそう言《い》って笑《わら》った。

「ぼくもそう思《おも》うけど、いまはしかたない。とにかく覚《おぼ》えられるものはどんどん覚《おぼ》えて、あんまりつっこまれないようにしよう」

貴紀《たかのり》がそう言《い》ったところで、院長《いんちょう》が出勤《しゅっきん》してきた。ひげをたっぷりたくわえているが、それに反《はん》するように頭髪《とうはつ》は薄《うす》い。太《ふと》っちょで、かんろくのあるいでたち。その年齢《ねんれい》が三五《さんじゅうご》歳《さい》と聞《き》いたときにはほんとうにおどろいた。どう見《み》ても五五歳《ごじゅうごさい》にしか見《み》えない。

「おう、おはよう、ちびども」

院長《いんちょう》は貴紀《たかのり》たち新人《しんじん》のことを〝ちびども〟と呼《よ》んだ。

「おはようございます」

〝ちびども〟は三人《さんにん》そろってあいさつした。もしもふたりやめたとしたら、残《のこ》ったひとりは〝ちび〟と呼《よ》ばれるのかな、それはちょっといやだなと貴紀《たかのり》は思《おも》った。

この動物病院《どうぶつびょういん》に所属《しょぞく》する獣医師《じゅういし》は六人《ろくにん》いた。院長《いんちょう》、副院長《ふくいんちょう》、先輩《せんぱい》の中田《なかた》、貴紀《たかのり》たち三人《さんにん》。

そのほか看護師《かんごし》が四人《よにん》。

小《ちい》さなクリニックとしては人数《にんずう》が多《おお》いほうかもしれない。看護師《かんごし》たちはみな女性《じょせい》で、貴紀《たかのり》たちと同世代《どうせだい》だった。

でも彼女《かのじょ》たちは現場《げんば》の先輩《せんぱい》だったから、教《おそ》わることも多《おお》かった。診察《しんさつ》のときの動物《どうぶつ》たちの保定《ほてい》（動物《どうぶつ》を治療《ちりょう》する際《さい》に、動《うご》かないようにおさえておくこと）や、手術《しゅじゅつ》におけるてきぱきとしたサポート、薬《くすり》の調合《ちょうごう》など、慣《な》れた手《て》つきでこなしていく。すべては思《おも》い切《き》りよく、ためらうことなくおこなわれる。

「佐藤先生《さとうせんせい》、そっち！」

看護師《かんごし》のひとりが首《くび》をくいっと右《みぎ》に向《む》けた。鉗子《かんし》（手術器具《しゅじゅつきぐ》。主《おも》にものをはさんで止《と》める役割《やくわり》がある）が手術台《しゅじゅつだい》から落《お》ちる寸前《すんぜん》で——貴紀《たかのり》はすばやく右手《みぎて》をのばし、それを食《く》い止《と》めた。

だが、その無理《むり》な体勢《たいせい》があだとなって、鉗子《かんし》をつかんだまま、盛大《せいだい》に転《ころ》んでしまった。

おいおい、と誰《だれ》かがつぶやいて、ナイスレシーブという声《こえ》が聞《き》こえ、静《しず》かにしろ、と院長《いんちょう》が言《い》った。

「よし、ちびども、誰《だれ》でもいいからあとはやっておけ」

手術台《しゅじゅつだい》に横《よこ》たわった猫《ねこ》を前《まえ》にして院長《いんちょう》はそう告《つ》げる。いまはめす猫《ねこ》の避妊手術中《ひにんしゅじゅつちゅう》で、摘出《てきしゅつ》はすべてすんでいる。あとは縫合《ほうごう》のみ。貴紀《たかのり》たちでもできると院長《いんちょう》は考《かんが》え、指示《しじ》したのだろう。

「はい！」

間髪《かんはつ》いれずに返事《へんじ》をしたのは持田《もちだ》さやかだった。彼女《かのじょ》はこちらを見《み》てなにかを言《い》おうとしたが、その前《まえ》に貴紀《たかのり》と桜井《さくらい》がこくりとうなずいた。がんばれ、だいじょうぶ。よし、と言《い》って院長《いんちょう》は手術室《しゅじゅつしつ》から出《で》ていった。

持田《もちだ》の指《ゆび》はすこし震《ふる》えていた。それを自分《じぶん》でもわかっているようで、できるだけゆっくりと、糸《いと》を通《とお》していった。ていねいに、遅《おそ》すぎるくらいに。

「……はは っ」

まるでばかにしたような短《みじか》い笑《わら》いが副院長《ふくいんちょう》の口《くち》から出《で》た。そのあとすぐに先輩《せんぱい》の中田《なかた》も笑《わら》った。

貴紀《たかのり》は腹《はら》が立《た》ったが、持田《もちだ》は集中《しゅうちゅう》している。いまはなにも言《い》うべきじゃない、とだまっていた。ゆっくりとした縫合《ほうごう》が、そのひと針《はり》ひと針《はり》が、彼女《かのじょ》の力《ちから》になるんだ。いつかあんたたちは追《お》い越《こ》される。

桜井《さくらい》も同《おな》じ思《おも》いにちがいない——そう思《おも》ってちらりと彼《かれ》を見《み》た。だけどうつむいて、青白《あおじろ》い顔《かお》をしている。どうしたんだろう、と貴紀《たかのり》は思《おも》った。

時間《じかん》はかかったが、持田《もちだ》は縫合《ほうごう》をやりとげた。彼女《かのじょ》は副院長《ふくいんちょう》たちの雑音《ざつおん》にも気《き》づかなかったらしい。それだけ集中《しゅうちゅう》していたということだ。

「佐藤先生《さとうせんせい》、ちょっといいかな」

診療時刻《しんりょうじこく》を過《す》ぎて、夜勤《やきん》に入《はい》るとき、桜井《さくらい》が声《こえ》をかけてきた。

「ん？　もちろん」

「こんなことといまさら、なんだけどさ。じつは——」

「なに、あらたまっちゃって」

「おれ、『血《ち》』が苦手《にがて》なんだ……」

貴紀《たかのり》はびっくりして、椅子《いす》からずり落《お》ちそうになった。

「だから、手術《しゅじゅつ》は無理《むり》だと思《おも》う。ああ、手術《しゅじゅつ》だけじゃないか、診察《しんさつ》だってそういうことはあるよな……どうしよう」

桜井《さくらい》はそう言《い》ってため息《いき》をついた。

「血《ち》が苦手《にがて》って……いや、もちろんそういうこともあるだろうけど、大学《だいがく》の実習《じっしゅう》はどうしてたの？」

「うまくほかの人《ひと》にまぎれてね。なんとなく避《さ》けながらここまできたって感《かん》じ……」

貴紀《たかのり》はすこしあきれたが、態度《たいど》には出《だ》さなかった。

「でも……獣医師《じゅういし》を目指《めざ》すっていうことは……血《ち》を見《み》ないわけにはいかないって思《おも》わなかったの？」

「思《おも》ったよ。それでも獣医師《じゅういし》になりたかったんだ」

はっきりした口《くち》ぶりで桜井《さくらい》は言《い》った。

「獣医師《じゅういし》になりたかったんだよ」

彼《かれ》はそうくりかえして、うなだれた。

その理由《りゆう》について聞《き》こうと貴紀《たかのり》は口《くち》を開《ひら》きかけたが、思《おも》い直《なお》してやめた。それぞれに理《り》由《ゆう》がある。

そこに、とつぜんドアが開《あ》いて、私服《しふく》に着替《きが》えた持田《もちだ》さやかが入《はい》ってきた。話《はなし》は聞《き》かれていなかったみたいだ。

「おつかれさま！　佐藤先生《さとうせんせい》、ほんとうに夜勤《やきん》だいじょうぶ？」

持田《もちだ》はすこし上機嫌《じょうきげん》な感《かん》じでそう言《い》った。

「うん。もちろんだいじょうぶ。おつかれさまでした。……持田先生《もちだせんせい》、今日《きょう》はすごくよかったと思《おも》うよ。集中《しゅうちゅう》してたね」

「ありがとう。……とろかったけどね」

えへへ、と笑《わら》って持田《もちだ》は置《お》いてあった自分《じぶん》のバッグを肩《かた》にかけた。

「――持田先生《もちだせんせい》！」

大《おお》きな声《こえ》で話《はな》しかけたのは桜井《さくらい》だった。

「持田先生《もちだせんせい》はどうして獣医師《じゅういし》になろうと思《おも》ったの？」

「びっくりしたあ。え、なに急《きゅう》に。……うーん、聞《き》きたい？」

もったいぶるように持田《もちだ》が言《い》った。

「じゃあ――ちょっと長《なが》くなるけど、ふたりが聞《き》いてくれるのなら、話《はな》します」

――ぜったいに許《ゆる》さない。

さやかがそう心《こころ》に誓《ちか》ったのは小学六年生《しょうがくろくねんせい》のときだ。家族《かぞく》は両親《りょうしん》と妹《いもうと》。そして、サブレという名前《なまえ》の、茶色《ちゃいろ》い雑種《ざっしゅ》の犬《いぬ》を飼《か》っていた。柴犬《しばいぬ》にも見《み》えたが、すこしだけかたちがちがう。

サブレはとても利口《りこう》で家族《かぞく》の言《い》うことはよく聞《き》いたが、道路《どうろ》からまる見《み》えの庭《にわ》で飼《か》われていたので、通《とお》りがかりの郵便屋《ゆうびんや》さんや新聞配達《しんぶんはいたつ》の人《ひと》にわんわん吠《ほ》えたてた。

ある日《ひ》、近所《きんじょ》のおばさんがどなりこんできて、おたくの犬《いぬ》がうるさくて迷惑《めいわく》だと言《い》った。

「なんとかしてくれないと困《こま》りますよ。ほんとダメ犬《いぬ》ね」

それを聞《き》いていたさやかはとても悲《かな》しかった。でもママは、ぺこぺことおばさんに謝《あやま》っていた。サブレはわたしのだいじな友《とも》だちなのに。

さやかはママに提案《ていあん》した。

「じゃあ、サブレを家《いえ》の中《なか》で飼《か》おうよ。ぜんぶわたしがめんどうをみるから。うるさくないように、おうちで飼《か》えばいいんだよ」

ママはそうね、と言《い》っていたが、パパはちがった。

「そんなのはだめだ。犬《いぬ》を家《いえ》の中《なか》で飼《か》うなんて。犬《いぬ》っていうのはそもそも番犬《ばんけん》の役目《やくめ》もあるんだから、外《そと》で飼《か》うもんなんだよ」

「でもパパ、サブレが吠《ほ》えてうるさいって言《い》われたの、おばさんに。どうすればいいの？」

「そんなもん知《し》るか、ほうっておけばいいんだよ。とにかくサブレを家《いえ》の中《なか》に入《い》れることは許《ゆる》さん」

パパはそう言《い》って、新聞《しんぶん》を読《よ》みはじめた。もう話《はな》しかけるな、というサインだった。

ママは困《こま》った顔《かお》をして、だまってしまった。

「お姉《ねえ》ちゃん、サブレはどうなるの？」

小学《しょうがく》二年生《にねんせい》の妹《いもうと》がそう言《い》ったので、さやかは、だいじょうぶ、どうにもならないよ、いままでどおりだよ、と答《こた》えた。

八月《はちがつ》の終《お》わりの暑《あつ》い日《ひ》だった。さやかは二泊三日《にはくみっか》の林間学校《りんかんがっこう》に出《で》かけた。学校《がっこう》の友《とも》だちはサブレのことをかわいがってくれたので、いやなおばさんのこともみんなに話《はな》した。サブレを守《まも》る会《かい》をつくろう、という話《はなし》にまでなった。

「ただいまサブレ！」

さやかはいつものように庭《にわ》にいるサブレに声《こえ》をかけた。

すこし元気《げんき》がない。ぺろん、とさやかの指《ゆび》をなめて、伏《ふ》せてしまった。

「どうしたの？　サブレ。ぐあいが悪《わる》いの――？」

そのとき、サブレがかすれた声《こえ》を出《だ》した。苦《くる》しそうな、ざらざらした声《こえ》だった。

「ママ！　サブレの声《こえ》が変《へん》だよ！」

さやかは玄関《げんかん》を開《あ》けて叫《さけ》んだ。台所《だいどころ》にいたママに声《こえ》をかけた。

「なんか変《へん》だよ！」

ママはこちらを向《む》かない。どうしてこっちを見《み》てくれないのだろう、とさやかは思《おも》った。

聞《き》こえないの？

ママの肩《かた》が小刻《こきざ》みに揺《ゆ》れていた。ひとまわり小《ちい》さくなってしまったように見《み》えた。

「ママ、どうしたの。泣《な》いてるの？」


サブレはさやかのいないあいだに声帯切除手術《せいたいせつじょしゅじゅつ》を受《う》けさせられていた。


ママはさやかに謝《あやま》った。とり返《かえ》しのつかないことをしてしまった。ほんとうにごめんね、さやか、ママを許《ゆる》して——。

さやかはどう考《かんが》えていいかわからなかった。

「……どうして？　サブレはもう吠《ほ》えられないっていうこと？」

「そう。もうサブレは吠《ほ》えないの。あのかすれた声《こえ》しか出《で》ないの」

ママはそう言《い》って泣《な》いた。

さやかは、どうしてそんなことをするのだろう、と思《おも》った。もちろん理屈《りくつ》ではわかっていた。サブレが吠《ほ》えるからだ。うるさくて近所迷惑《きんじょめいわく》だからだ。

でも、なぜそんなことをするのだろう。

その心《こころ》がわからなかった。大人《おとな》たちの考《かんが》えかたがまったく理解《りかい》できなかった。

「おれはそんな手術《しゅじゅつ》をしろなんてひと言《こと》も言《い》ってないぞ」

その日《ひ》の夜《よる》、パパが言《い》った。

「サブレをなんとかしろって言《い》っただけだよ」

パパはなんてずるいんだろう、とさやかは思《おも》った。泣《な》いて泣《な》いて目《め》が腫《は》れて、声《こえ》もかすれてしまった。ママはやっぱりだまっていた。

「まあ、でもこれでだいじょうぶだろ。文句《もんく》も言《い》われなくなるし、処分《しょぶん》しなくてすんだじゃないか」


「……それ以来《いらい》、わたしはパパとは距離《きょり》をおいて生《い》きてきたの。いまでも許《ゆる》していない気《き》がする。……わたしは声帯切除手術《せいたいせつじょしゅじゅつ》そのものに反対《はんたい》だし、その前《まえ》にやりようはいくらでもあると思《おも》うの」

でも、と持田《もちだ》さやかはつづけて言《い》った。

「手術《しゅじゅつ》そのものよりも、パパのずるさ、ママの優柔不断《ゆうじゅうふだん》さ、ためらうことなく残酷《ざんこく》な手術《しゅじゅつ》をしてしまう近所《きんじょ》の獣医《じゅうい》さん——が、許《ゆる》せなかった」

「でも、じゃあどうして獣医師《じゅういし》に……？」

桜井《さくらい》が聞《き》いた。

「身勝手《みがって》な飼《か》い主《ぬし》をへらすためよ」

持田《もちだ》はどうどうとした態度《たいど》でそう言《い》った。

「病気《びょうき》を治《なお》したり、けがの手当《てあ》てをしたりするだけが獣医師《じゅういし》じゃないってこと」

気《き》づいたときには夜中《よなか》の一二時《じゅうにじ》を過《す》ぎていた。

わあ、もうこんな時間《じかん》、と言《い》って持田《もちだ》はあわてた。終電《しゅうでん》がなくなっちゃう。

「じゃあ、おやすみなさい。ごめんね」

ウインクして去《さ》っていく彼女《かのじょ》の後《うし》ろ姿《すがた》は、軽《かろ》やかで凛々《りり》しかった。
みんなそれぞれに理由《りゆう》があるんだ、と貴紀《たかのり》はあらためて思《おも》った。

10 捨《す》て猫《ねこ》のナツ

「佐藤先生《さとうせんせい》、いる？」

持田《もちだ》さやかの大《おお》きな声《こえ》で貴紀《たかのり》は目覚《めざ》めた。びっくりして待合室《まちあいしつ》のソファーから落《お》ちそうになった。

「おはよう……どうしたの？」

「あら、寝《ね》てたの。もう朝《あさ》よ。それどころじゃなくて！」

そう言《い》って彼女《かのじょ》は貴紀《たかのり》の腕《うで》をひっぱり、病院《びょういん》の入《い》り口《ぐち》まで連《つ》れていく。そこには段《だん》ボール箱《ばこ》に入《はい》った白《しろ》い子猫《こねこ》が三匹《さんびき》いた。

「うわあ……かわいい」

「うわあ……かわいい、じゃないでしょ。これ、捨《す》て猫《ねこ》よ」

貴紀《たかのり》はそう言《い》われて、目《め》をまるくした。誰《だれ》がこんなことを。

「動物病院《どうぶつびょういん》の前《まえ》に捨《す》てておけばなんとかなるだろう、という浅《あさ》はかで迷惑《めいわく》きわまる考《かんが》えのヤツが置《お》いていったのよ。ああ、腹立《はらた》つ！」

持田《もちだ》がそう言《い》った。貴紀《たかのり》はしゃがんで、その段《だん》ボール箱《ばこ》の中《なか》の子猫《こねこ》たちの様子《ようす》を見《み》た。

「……うん、けがもないし、元気《げんき》そうだね。まだ目《め》も開《ひら》いていないから、産《う》まれたばかりと思《おも》っていいだろうね」

「怒《おこ》ってたってしょうがないね。ひとまず中《なか》に入《い》れましょう」

貴紀《たかのり》と持田《もちだ》はひとまず診察室《しんさつしつ》のほうへ子猫《こねこ》たちを連《つ》れていった。ドアを開《あ》けると、大《おお》きないびきが聞《き》こえた。手術台《しゅじゅつだい》で桜井《さくらい》が寝《ね》ていた。

「桜井《さくらい》！　手術台《しゅじゅつだい》で寝《ね》るなあ！」

持田《もちだ》が大《おお》きな声《こえ》で言《い》った。

わああ、と桜井《さくらい》が言《い》って、見事《みごと》に手術台《しゅじゅつだい》から落《お》ちてしりもちをついた。

「いってえ……」

「桜井《さくらい》先生《せんせい》、寝《ね》てる場合《ばあい》じゃないの。ほら」

持田《もちだ》が子猫《こねこ》たちを見《み》せた。

「わあ……かわいい」

「捨《す》て猫《ねこ》よ」

持田《もちだ》が吐《は》き捨《す》てるように言《い》った。わあ、かわいいじゃないわよもう。

「とにかく、スポイトでミルクを飲《の》ませてみようか。ヤギミルクが冷蔵庫《れいぞうこ》にあるから」

貴紀《たかのり》がそう言《い》って、ばたばたと用意《ようい》する。人肌程度《ひとはだていど》に温《あたた》めた栄養豊富《えいようほうふ》なヤギの乳《ちち》。

「え、じゃあおれにやらせてよ佐藤先生《さとうせんせい》」

「うん、いいよ。桜井先生《さくらいせんせい》、子猫《こねこ》にミルクをやったことは？」

「ない」

「一回《いっかい》の授乳《じゅにゅう》で約一《やくいち》ミリリットルくらいで。子猫《こねこ》の口《くち》の近《ちか》くに吸《す》い込《こ》み口《くち》をあてがうと、吸引反射《きゅういんはんしゃ》で自発的《じはってき》にミルクを飲《の》みはじめるはず」

お、おおと桜井《さくらい》はこたえて、そのとおりにしてみた。

「あ、あおむけにしないでね。吐《は》いちゃうから」

お、おお、と桜井《さくらい》はおぼつかない手《て》つきでミルクを与《あた》える。子猫《こねこ》はやみくもにちゅうちゅうと飲《の》んだ。

「おおっ……！　飲《の》んだ！」

「うん、元気《げんき》だね。これならだいじょうぶそうだ。じゃあ次《つぎ》はおしっこをうながそう」

「え、え、どうすればいいの？」

「子猫《こねこ》のおなかを支《ささ》えて下向《したむ》きにして。濡《ぬ》れたコットンで股間《こかん》をしばらく軽《かる》くこすってあげると、出《で》てくるはず」

わあ、出《で》た！　と桜井《さくらい》が叫《さけ》んだ。

「よし。次《つぎ》はうんちだ。おなかは張《は》った感《かん》じがする？」

「えーと……うん、パンパンかも」

「じゃあ、肛門《こうもん》あたりを、おしっこと同《おな》じ感《かん》じにこすってみて」

わああ、出《で》た！　と桜井《さくらい》はくりかえして、なぜか自分《じぶん》の手《て》についたうんちをうれしそうに見《み》つめた。

「さて……これからどうするかよね」

持田《もちだ》が腕組《うでぐ》みをする。桜井《さくらい》はなぜかうれしそうに子猫《こねこ》たちのうんちを片《かた》づけている。

「うーん……しばらくはうちの病院《びょういん》で世話《せわ》をするしかないだろうね。まだこんなに小《ちい》さいんだから」

貴紀《たかのり》はそう言《い》いながら、子猫《こねこ》のほうを向《む》いて、なんてかわいいんだろうと思《おも》った。こんな子《こ》たちを捨《す》てていくなんて。

「そうね。院長先生《いんちょうせんせい》に相談《そうだん》してみましょう」

「ああん？　なんだこの猫《ねこ》たちは」

先輩獣医師《せんぱいじゅういし》の中田《なかた》は、出勤《しゅっきん》してくるなりそう言《い》った。

「誰《だれ》が連《つ》れてきたんだ？」

ことのなりゆきを貴紀《たかのり》たちは説明《せつめい》した。入《い》り口《ぐち》に置《お》いてあったこと、ミルクを与《あた》え、おしっことうんちをうながし、現在《げんざい》に至《いた》ること。

「ふーん……まあでもおまえらが世話《せわ》しろよな。おれは知《し》らないぞ。まったく……仕事《しごと》ばっかり増《ふ》やしてしょうがねえなあ」

「ご心配《しんぱい》なく中田先生《なかたせんせい》。わたしが責任《せきにん》をもってめんどうをみますから」

持田《もちだ》がはきはきとした口調《くちょう》でそう言《い》った。

貴紀《たかのり》は、またこの構図《こうず》か、とげんなりした。

——おれは知《し》らない。おまえがやれよ。

——わかりました。わたしがやります。

いつでも命《いのち》を助《たす》けようとするほうがリスクを背負《せお》う。おれは知《し》らないっていうほうが得《とく》をする。

だって彼《かれ》らに責任《せきにん》はついてこない。なにも失《うしな》うものがない。損《そん》をしない。

おれは知《し》らないよ、って自分《じぶん》には言《い》えそうもないな、と貴紀《たかのり》はあらためて思《おも》った。どんなときも。

院長《いんちょう》も副院長《ふくいんちょう》もことのなりゆきを聞《き》いて、わかった、しばらくはうちでめんどうをみて、それから里親《さとおや》募集《ぼしゅう》をしようということになった。

「ちびどもの勉強《べんきょう》にもなるだろうしな。ただし通常業務《つうじょうぎょうむ》をこなしながらだぞ。じゃないと意味《いみ》ないからな」

院長《いんちょう》がそう言《い》って、貴紀《たかのり》たちはようやく胸《むね》をなでおろした。

子猫三匹《こねこさんびき》は晴《は》れて小笠原《おがさわら》どうぶつクリニックに滞在《たいざい》することになった。ハル、ナツ、アキ、と名前《なまえ》もつけられて（名前《なまえ》をつけるかどうか悩《なや》んだけれども、やっぱりないと不便《ふべん》だ）看護師《かんごし》たちもかわいがってくれた。

猫《ねこ》たちもすくすくと育《そだ》ったある日《ひ》のこと。

なにを思《おも》ったのか、中田《なかた》がナツを外《そと》に連《つ》れ出《だ》した。院長《いんちょう》と副院長《ふくいんちょう》は学会《がっかい》で不在《ふざい》、貴紀《たかのり》たちは診察《しんさつ》やそのつきそいで忙《いそが》しくしていた。それが一段落《いちだんらく》したころ——。

「……あれ、ナツがいない……？」

桜井《さくらい》がいつものケージにナツがいないことに気《き》づいた。

「ああ、なんだか中田先生《なかたせんせい》が散歩《さんぽ》に連《つ》れていくって言《い》ってましたよ」

看護師《かんごし》のひとりがそう言《い》った。

「……散歩《さんぽ》？」

そんなことは、はじめてだ。

「なに考《かんが》えてるんだろう、中田先生《なかたせんせい》は……」

桜井《さくらい》は不安《ふあん》になり、貴紀《たかのり》と持田《もちだ》にそれを打《う》ち明《あ》けた。

「まあ、まさかどっかに捨《す》ててくるわけでもないでしょう」

持田《もちだ》が言《い》った。

貴紀《たかのり》は不安《ふあん》な気持《きも》ちになった。どんなつもりで散歩《さんぽ》なんて――？

「ナツはもう、里親《さとおや》さんも決《き》まりそうだし、あんまり連《つ》れ出《だ》してほしくないよなあ。まったくなに考《かんが》え――」

桜井《さくらい》がそう言《い》ってすぐに、中田《なかた》が戻《もど》ってきた。ナツがいない。

「逃《に》げちゃった」

「え？」

「だから……逃《に》げちゃったんだよ、猫《ねこ》が」

持田《もちだ》が中田《なかた》を押《お》しのけて、そのままなにも言《い》わずにクリニックから飛《と》び出《だ》していく。

「中田先生《なかたせんせい》、どこで逃《に》げ出《だ》したか教《おし》えてください」

貴紀《たかのり》が聞《き》いた。早《はや》く捜《さが》さないと――。

「……わざとじゃないんだ。ぴゅーっと腕《うで》の中《なか》から……」

「そんなことは聞《き》いていません。ナツはどこらへんでいなくなったんですか？」

「猿江公園《さるえこうえん》……。そこにいた子《こ》どもたちがかわいいって言《い》うから、さわらせてあげようと思《おも》ったんだ。そしたら……」

「桜井先生《さくらいせんせい》、すぐに持田先生《もちだせんせい》に電話《でんわ》しよう。携帯《けいたい》、持《も》っていったかな？」

桜井《さくらい》が急《いそ》いで受話器《じゅわき》をとる。隣《となり》のロッカーから着信音《ちゃくしんおん》が聞《き》こえる。

「……あー、だめだ。置《お》いていってるよ」

貴紀《たかのり》は上着《うわぎ》を持《も》って、桜井《さくらい》に告《つ》げた。

「捜《さが》しに行《い》く。桜井先生《さくらいせんせい》は待機《たいき》していてほしい。連絡《れんらく》があるかもしれないし、いまは患者《かんじゃ》さんはいないけど、救急《きゅうきゅう》で運《はこ》ばれてくる子《こ》だっているかもしれないからね。中田先生《なかたせんせい》もお願《ねが》いします」

中田《なかた》は力《ちから》なくうなずいた。


夕暮《ゆうぐ》れの中《なか》を、貴紀《たかのり》は走《はし》っていた。猿江公園《さるえこうえん》——持田《もちだ》さやかは気《き》づくだろうか。やみくもに捜《さが》しまわっても見《み》つかりっこないだろう。

薄暗《うすぐら》くなった公園《こうえん》には誰《だれ》もいなかった。

……いやちがう、ベンチに誰《だれ》か座《すわ》っている。遠《とお》くからでは、黒《くろ》いシルエットしか見《み》えない。

「持田先生《もちだせんせい》！」

貴紀《たかのり》は叫《さけ》んだ。持田《もちだ》が顔《かお》をあげてこちらを見《み》た。その胸《むね》には白《しろ》い猫《ねこ》――。

「佐藤先生《さとうせんせい》……」

彼女《かのじょ》の目《め》には涙《なみだ》が浮《う》かんでいた。

「すごいな……ナツ、えらかったね」と貴紀《たかのり》は言《い》った。

猫《ねこ》はみゃあ、とこたえるように鳴《な》いた。それはまちがいなくナツだった。

「持田先生《もちだせんせい》、よくここだってわかったね」

持田《もちだ》はこくりとうなずいただけで、だまってしまった。

貴紀《たかのり》は隣《となり》に座《すわ》り、持《も》ってきた上着《うわぎ》を彼女《かのじょ》の肩《かた》にかけた。

ありがとう、と持田《もちだ》は言《い》った。

「……佐藤先生《さとうせんせい》、『星《ほし》の王子《おうじ》さま』って読《よ》んだことある？」

持田《もちだ》が口《くち》を開《ひら》いた。

うん、と貴紀《たかのり》はこたえた。

「キツネの話《はなし》があるじゃない？　王子《おうじ》さまがキツネと出会《であ》って、自分《じぶん》が飼《か》い馴《な》らしたものには、いつだって責任《せきにん》を持《も》たなきゃいけない――ことを教《おし》えてもらう」

「ああ、思《おも》い出《だ》した。『たいせつなものは目《め》に見《み》えない』ってやつだね」

「そう。大好《だいす》きな話《はなし》なの。出会《であ》ったときには十万匹《じゅうまんびき》のほかのキツネと同《おな》じ価値《かち》だったのに、馴《な》らされたら、おたがいに

おたがいに？――と貴紀《たかのり》はくりかえした。

「いっしょにいてほしいって思《おも》うようになる」

そう持田《もちだ》が言《い》った。

ナツがみゃあ、と鳴《な》いた。

それからのこと。

「逃《に》げ出《だ》すリスクも考《かんが》えないで、外《そと》に連《つ》れ出《だ》すなんておまえはアホウか！」

院長《いんちょう》の大目玉《おおめだま》をくらった中田《なかた》は、次《つぎ》の日《ひ》に頭《あたま》を丸《まる》め、坊主《ぼうず》にしてきた。貴紀《たかのり》たちにはとくになにもおとがめはなかったが、副院長《ふくいんちょう》が陰険《いんけん》なトーンで言《い》った。

「まあでも連帯責任《れんたいせきにん》だろ。先輩《せんぱい》の中田《なかた》が坊主《ぼうず》にしてきたんだから、後輩《こうはい》のおまえらだって考《かんが》えたらどうなんだ？」

「……連帯責任《れんたいせきにん》、ですか？」

と桜井《さくらい》が言《い》った。

「そうだよ。とくに持田《もちだ》が坊主《ぼうず》にしたらウケるぞ。〝尼《あま》さん獣医《じゅうい》〟ってな」

「――ふざけるな」

貴紀《たかのり》が副院長《ふくいんちょう》をにらんでそう言《い》った。そんな彼《かれ》を見《み》るのはみんなはじめてだった。全身《ぜんしん》が凍《こお》りつくような、静《しず》かで鋭《するど》い言《い》いかただった。

持田《もちだ》さやかの動物《どうぶつ》たちに対《たい》するやさしい気持《きも》ちまで、ばかにされたような気《き》がしたのだ。

「……冗談《じょうだん》だよ、冗談《じょうだん》」

副院長《ふくいんちょう》はそう言《い》って、すごすごと奥《おく》の部屋《へや》に引《ひ》っこんでしまった。

ハルとナツとアキは、無事《ぶじ》に里親《さとおや》に引《ひ》きとられていった。

ナツを迎《むか》え入《い》れたのは、持田《もちだ》さやかだった。

貴紀《たかのり》がはじめて執刀《しっとう》した手術《しゅじゅつ》は、おす犬《いぬ》の去勢手術《きょせいしゅじゅつ》だった。犬種《けんしゅ》はビーグルで、年齢《ねんれい》は一歳《いっさい》。待合室《まちあいしつ》には家族《かぞく》が心配《しんぱい》そうにしていた。

手術室《しゅじゅつしつ》で貴紀《たかのり》はためらうことなくメスを入《い》れる。体温《たいおん》、呼吸《こきゅう》、血圧《けつあつ》などをつねにモニターしながら、全身麻酔《ぜんしんますい》のもと、両側《りょうがわ》の睾丸《こうがん》をすみやかに摘出《てきしゅつ》する。それは新人離《しんじんばな》れしたすばやい処置《しょち》だった。

貴紀《たかのり》は感《かん》じる。心配《しんぱい》そうに待《ま》つ家族《かぞく》の顔《かお》と、自分《じぶん》の指先《ゆびさき》がつながっている——。

そう意識《いしき》することで、力《ちから》がみなぎってくるのだった。彼《かれ》の指先《ゆびさき》は震《ふる》えることもなく、ただその作業《さぎょう》を確実《かくじつ》にこなしていった。

「ちび、やるな」と院長《いんちょう》が言《い》った。

「手《て》ぎわがいい。速《はや》いのに、確実《かくじつ》だ。安心《あんしん》して見《み》ていられる」

貴紀《たかのり》はその言葉《ことば》がとてもうれしかった。

「ありがとうございます」

彼《かれ》はそう言《い》って、頭《あたま》を下《さ》げた。

「佐藤先生《さとうせんせい》、ほんとうにすごいよ」

桜井《さくらい》が感激《かんげき》したような表情《ひょうじょう》で言《い》った。


「つまり、手術《しゅじゅつ》はリズムにのって確実《かくじつ》にこなしていくことがだいじなんだと思《おも》う。ひとつずつ確実《かくじつ》に。メスの入《い》れかたにしても、縫合《ほうごう》にしてもね。ミスがないようにするには、きちんと自分《じぶん》の目《め》で確《たし》かめてから、次《つぎ》の作業《さぎょう》に移《うつ》ること。当《あ》たり前《まえ》のことをきちんとやる。それがいちばんたいせつなことかもね」

貴紀《たかのり》はその日《ひ》の夜勤中《やきんちゅう》に、熱《ねっ》ぽく桜井《さくらい》に話《はな》した。

桜井《さくらい》はへええ、と感心《かんしん》した。

桜井《さくらい》の秘密《ひみつ》――血《ち》が苦手《にがて》ということ――は克服《こくふく》したとまではいえなかったが、ずいぶんと慣《な》れてきたようだった。

「ところで桜井先生《さくらいせんせい》。獣医師《じゅういし》になりたかったわけを聞《き》いてなかったよね」

「そうだったっけ……？　うん、最近《さいきん》は血《ち》にも慣《な》れてきたんだけどさ……」

桜井《さくらい》はひとつ咳《せき》ばらいをしてから言《い》った。

「じつは父親《ちちおや》も獣医師《じゅういし》なんだ。とっても温厚《おんこう》な人《ひと》でね。おれは父《ちち》に怒《おこ》られた記憶《きおく》がないままでね」

「へえ、そうだったんだ」

「ところがある日《ひ》、父親《ちちおや》が診察室《しんさつしつ》で大声《おおごえ》でどなっていた。あんな声《こえ》を出《だ》したのははじめて聞《き》いたよ。おれはそのときに小学校六年生《しょうがっこうろくねんせい》で、よく学校《がっこう》の帰《かえ》りに病院《びょういん》に寄《よ》り道《みち》していたんだ。動物《どうぶつ》が好《す》きだったからさ」

桜井《さくらい》がつづける。

「どうやら飼《か》い主《ぬし》さんともめていたらしい。その人《ひと》はこう言《い》っていた。『そんなにお金《かね》がかかるのならこの犬《いぬ》を処分《しょぶん》してほしい』と」

「……すごいな、それ」

「すごくやさしい父《ちち》なんだ。病院《びょういん》でもいつもにこにこしていて。でもそのときはぶち切《き》れていたな。ふざけるな、帰《かえ》れって。あんたに動物《どうぶつ》を飼《か》う資格《しかく》はない、さっさと帰《かえ》れって」
貴紀《たかのり》はうなずいた。
「なんかかっこよかった。許《ゆる》せることと許《ゆる》せないことの境目《さかいめ》が見《み》えた気《き》がした。そこから
かな、おれが獣医師《じゅういし》を目指《めざ》そうと思《おも》ったのは」
「なるほど。でもそのあとはどうなったの？」
「飼《か》い主《ぬし》さんはぷんぷんしながら出《で》ていこうとしたよ。そこでまた父親《ちちおや》が声《こえ》をかけた。
『犬《いぬ》を置《お》いていけ。その子《こ》を治《なお》すのがわたしの役目《やくめ》だ』って。なにを思《おも》ったか飼《か》い主《ぬし》さん
ほんとうに犬《いぬ》を置《お》いていっちゃった。ちなみにジャック・ラッセル・テリアでね」
ふふっと桜井《さくらい》は笑《わら》って、言葉《ことば》をつづけた。
「おれ、あとで父《ちち》に言《い》ったんだ。お父《とう》さん、かっこよかった！　って。そしたらその置《お》い
ていかれた犬《いぬ》の世話《せわ》をしてみなさいって言《い》われて。シャンプーしたり、ごはんをあげたり。
散歩《さんぽ》したりしたな。そんなに大《おお》きくないのにすっごい力《ちから》があったのを覚《おぼ》えてるよ。しばら
く動物病院《どうぶつびょういん》で飼《か》っていたんだ」
桜井《さくらい》がうれしそうに語《かた》った。それから、彼《かれ》はすこしだけもじもじしながら、なにかを思《おも》

い立《た》ったように貴紀《たかのり》に向《む》かって言《い》った。

「このあいだ佐藤先生《さとうせんせい》、副院長《ふくいんちょう》に『ふざけるな』って言《い》ったじゃん。あれすっげえかっこよかったよ」

「うーん……後悔《こうかい》はしていないけれど、言葉《ことば》はきたなかったかな」

貴紀《たかのり》がそう返《かえ》した。

「そんなことないさ。境目《さかいめ》、だよ。許《ゆる》せることと許《ゆる》せないことの」

「そういうものかもしれないね」

「そうだよ。佐藤先生《さとうせんせい》——おれは血《ち》がだめなことをほんとうに克服《こくふく》しようと思《おも》う。そしてきっとできる気《き》がする。おれだって負《ま》けていられない。きっと打《う》ち勝《か》ってみせるよ」

貴紀《たかのり》はうれしくなって、そうだよがんばろう、と桜井《さくらい》の肩《かた》をたたいた。

11 ドーベルマンのワイヨリカ

動物病院《どうぶつびょういん》での修業《しゅぎょう》の日々《ひび》はつづいていたが、貴紀《たかのり》は確実《かくじつ》に力《ちから》をつけていった。

問診《もんしん》からはじまり、聴診《ちょうしん》やエコー、レントゲンなどの検査《けんさ》などをこなし、そこにひそんでいる病気《びょうき》を探《さぐ》りあて、その病気《びょうき》に合《あ》う薬《くすり》を選《えら》び、組《く》みあわせ、投薬期間《とうやくきかん》を考《かんが》える。

あるいは手術《しゅじゅつ》だ。

悪《わる》いところを切《き》ったり、よいところをつなぎあわせたりすること。むかしからのダイナミックな技術《ぎじゅつ》。動物《どうぶつ》たちに負担《ふたん》がかかることもあるけれど、この方法《ほうほう》がなかったら、ほとんどの病気《びょうき》は治《なお》せないだろう。

貴紀《たかのり》はめきめきと腕《うで》をあげ、いまやクリニックの代表的《だいひょうてき》な〝手術担当《しゅじゅつたんとう》〟になっていた。外科手術《げかしゅじゅつ》は病気《びょうき》にもよるが、もとから完全《かんぜん》に治《なお》すことも可能《かのう》だった。そういうところに貴《たか》紀《のり》はのめりこんでいった。

ある日《ひ》、あやまって小《ちい》さなボールを飲《の》みこんだアメリカン・コッカー・スパニエルが運《はこ》ばれてきた。

「先生《せんせい》、この子《こ》がボールを……！　苦《くる》しそうなんです、どうすれば」

急《いそ》いで貴紀《たかのり》がレントゲンで確認《かくにん》すると、胃《い》を通《とお》りこして腸《ちょう》に異物《いぶつ》があるのを確認《かくにん》できた。胃《い》にとどまっているのであれば内視鏡《ないしきょう》で取《と》り出《だ》せたかもしれないが、こうなっては開腹《かいふく》して取《と》りのぞくしかない。

「腸閉塞《ちょうへいそく》や腸捻転《ちょうねんてん》を併発《へいはつ》していることはなさそうだな」

後《うし》ろで見《み》ていた院長《いんちょう》がそう言《い》った。

「まかせたぞ、ちび」

貴紀《たかのり》はまず飼《か》い主《ぬし》にていねいな説明《せつめい》をして、手術《しゅじゅつ》の同意《どうい》を得《え》る。もちろんそれにまつわるリスクも包《つつ》みかくさず話《はな》す。動物《どうぶつ》は話《はな》せないのだから、飼《か》い主《ぬし》がすべての責任《せきにん》を負《お》うことになる。だから貴紀《たかのり》は決《けっ》してそこをおろそかにはしない。ぜったいにだいじょうぶなことなんてないし、自分《じぶん》は魔法使《まほうつか》いではない。

いつもこのときに思《おも》う。飼《か》い主《ぬし》さんの不安《ふあん》もまた、ぼくの力《ちから》になるように。この飼《か》い主《ぬし》さんがまた、苦《くる》しみから解放《かいほう》されたこの子《こ》を笑顔《えがお》で抱《だ》きしめられるように。

麻酔《ますい》をかけ、メスを入《い》れていく。

ためらいはない。やがて細《ほそ》い腸《ちょう》から空気《くうき》が抜《ぬ》けたボールをつかみ、手《て》ぎわよくそれを取《と》り出《だ》す。そして、なにごともなかったかのように、すべてを閉《と》じていく。でも、まだ安心《あんしん》はできない。この麻酔《ますい》から目覚《めざ》めないことがあるからだ。


「佐藤先生《さとうせんせい》……！」

手術《しゅじゅつ》をサポートしていた看護師《かんごし》が笑顔《えがお》になる。マスクで目元《めもと》しか見《み》えないが、それはまちがいなく笑顔《えがお》だっただろう。アメリカン・コッカー・スパニエルのその子《こ》は目覚《めざ》めようとしていた。すぐに飼《か》い主《ぬし》を手術室《しゅじゅつしつ》へ呼《よ》ぶ。

「ああ、ありがとうございます！　ありがとうございます！」

飼《か》い主《ぬし》はそうくりかえした。すこし甘《あま》えたような声《こえ》を出《だ》して鳴《な》いたその子《こ》の頭《あたま》をそっとなでた。

貴紀《たかのり》はようやくここでほっとする。そして、獣医師《じゅういし》になってよかったと心《こころ》から思《おも》う。

だけど、動物病院《どうぶつびょういん》は動物《どうぶつ》たちが死《し》んでいく場所《ばしょ》でもある。交通事故《こうつうじこ》や、熱中症《ねっちゅうしょう》でかつぎこまれてそのまま息《いき》をひきとる子《こ》たちもいる。動物病院《どうぶつびょういん》でさえも手《て》のほどこしようのない事態《じたい》がある。

貴紀《たかのり》はそのたびにくやしい思《おも》いをする――でも、納得《なっとく》できる死《し》にかただってないわけではない。よい旅立《たびだ》ちというものだって存在《そんざい》するのだ。たとえば――。

「佐藤先生《さとうせんせい》、こんにちは」

いつも穏《おだ》やかな笑顔《えがお》を浮《う》かべているその白髪《しらが》の上品《じょうひん》そうなおばあちゃんは、五味《ごみ》さんといった。背《せ》は低《ひく》く、きゃしゃな人《ひと》だったが、ワイヨリカという名前《なまえ》の、めすのドーベルマンを連《つ》れていた。散歩風景《さんぽふうけい》も絵《え》になっていて、のんびりと歩《ある》く優雅《ゆうが》な姿《すがた》は、もはやこの界隈《かいわい》の名物《めいぶつ》となっていた。

ワイヨリカはとても利口《りこう》でおとなしかった。ドーベルマンのイメージを変《か》えてしまうくらいのすてきなレディだった。

ある日《ひ》、五味《ごみ》さんがワイヨリカを連《つ》れてクリニックにやってきた。

「咳《せき》が出《で》て、食欲《しょくよく》もないんです。かぜっぽいのかしら」

大型犬《おおがたけん》は小型犬《こがたけん》にくらべると寿命《じゅみょう》が短《みじか》い。高齢《こうれい》ということを考《かんが》えながら、貴紀《たかのり》は聴診器《ちょうしんき》をワイヨリカにあてた。

あらためて大《おお》きくて筋肉質《きんにくしつ》な胸《むね》だと思《おも》った。堂々《どうどう》としたアスリートのような存在感《そんざいかん》。

貴紀《たかのり》は集中《しゅうちゅう》してその心音《しんおん》を聞《き》く。どっくん、どっくん、どっくん。

……ざ、ざざ。ときおり雑音《ざつおん》が入《はい》る。心音《しんおん》も、なにかもやがかかっている感《かん》じだ。

言葉《ことば》を話《はな》せない動物《どうぶつ》たちだからこそ、聴診《ちょうしん》というのはだいじだ。彼《かれ》らの言葉《ことば》を聞《き》くように、貴紀《たかのり》は耳《みみ》をすませる。

ささやき声《ごえ》であったとしても、決《けっ》して聞《き》き逃《のが》さないように、息《いき》をのんで、その音《おと》をつかむ。

ギャロップリズム。馬《うま》が走《はし》っているときのひずめの音《おと》のような。引《ひ》っかかる感《かん》じ、そして心雑音《しんざつおん》。

「五味《ごみ》さん、もしかしたら心臓《しんぞう》になにかあるかもしれません。レントゲンとエコー検査《けんさ》をしましょう」

おそらく拡張型心筋症《かくちょうがたしんきんしょう》だろう。不整脈《ふせいみゃく》もあるようだ。さらには脈《みゃく》も速《はや》い。犬《いぬ》の心臓病《しんぞうびょう》の予後《よご》の判定《はんてい》は体重測定《たいじゅうそくてい》でおこなう。体重《たいじゅう》がどんどん減少《げんしょう》したら、それは心《しん》筋症《きんしょう》が進《すす》んでいるということになるだろう。しかし、やっかいなことに、ドーベルマンは筋肉質《きんにくしつ》な犬《いぬ》なので、見《み》た目《め》に体重《たいじゅう》の変化《へんか》はあらわれない。だからこそ症状《しょうじょう》が進行《しんこう》しやすいのだ。

　貴紀《たかのり》は飼《か》い主《ぬし》の五味《ごみ》さんに告《つ》げた。

「やはり拡張型心筋症《かくちょうがたしんきんしょう》だと思《おも》います。ほら……このように心臓《しんぞう》が大《おお》きくなってしまっている」

　レントゲン画像《がぞう》を見《み》せながら、貴紀《たかのり》は説明《せつめい》をつづける。

「ドーベルマンにはとても多《おお》い病気《びょうき》です。……心筋《しんきん》という心臓《しんぞう》の筋肉《きんにく》が細《ほそ》く伸《の》びてしまうのです。心房《しんぼう》と呼《よ》ばれる心臓《しんぞう》の部屋《へや》の壁《かべ》も薄《うす》くなり、収縮力《しゅうしゅくりょく》が低下《ていか》します。つまり伸《の》び縮《ちぢ》みしにくくなる。そうしてじゅうぶんな血液《けつえき》を送《おく》り出《だ》せなくなってしまうわけです」

「大変《たいへん》な病気《びょうき》なのですね……」

「ワイヨリカさんは高齢《こうれい》だし、とにかくお薬《くすり》を与《あた》えていきましょう。この病気《びょうき》は、遺伝《いでん》であることも多《おお》いんです。そして……」

貴紀《たかのり》は、獣医師《じゅういし》として言《い》いにくいことも言《い》わなければならなかった。

「とつぜん深刻《しんこく》な状態《じょうたい》になることもある――。だから、まずは心臓《しんぞう》の機能《きのう》を回復《かいふく》させることを目指《めざ》しましょう。週《しゅう》に一回《いっかい》、体重《たいじゅう》もはかってもらわなければなりません。できれば心《しん》拍数《ぱくすう》も」

わかりました、と五味《ごみ》さんは言《い》って、ワイヨリカの頭《あたま》をなでた。

「佐藤先生《さとうせんせい》、わたしたちは――」

五味《ごみ》さんが、言《い》いよどみながらゆっくりと口《くち》をひらいた。

「わたしたちは、もうずいぶん生《い》きました。おたがいにもうこれ以上《いじょう》はいいや、っていうくらい。ワイヨリカは言葉《ことば》を話《はな》せませんけれど、気持《きも》ちはひしひしと伝《つた》わってくるものです」

貴紀《たかのり》はうなずいた。

「だから、せめて苦《くる》しくないように、痛《いた》くないようにしてあげたいのです」

「……もちろんそうしましょう。でも、あきらめるのは早《はや》いです、まだ……」

そう言《い》って貴紀《たかのり》は、ワイヨリカを見《み》つめた。

「先生《せんせい》、ワイヨリカは一二年生《じゅうにねんい》きています。この一二年《じゅうにねん》はこの子《こ》にとって、あまり代《か》わり映《ば》えのしない毎日《まいにち》だったかもしれません」

五味《ごみ》さんがつづけた。ワイヨリカは落《お》ち着《つ》いている。

「それでも、毎日《まいにち》たっぷりお散歩《さんぽ》をして、おいしい手《て》づくりごはんを食《た》べ、おもちゃで遊《あそ》び、ふかふかのベッドでわたしと眠《ねむ》りました。……小型犬《こがたけん》なら一二年《じゅうにねん》なんてまだ初老《しょろう》の域《いき》かもしれません。でもドーベルマンにとっては――そう、たとえばわたしはいま七五歳《ななじゅうごさい》です。それくらいの人生《じんせい》ぶん、この子《こ》は生《い》きてきた気《き》がします」

五味《ごみ》さんはそう言《い》って穏《おだ》やかに笑《わら》った。ワイヨリカもつられて笑《わら》ったような気《き》がした。


「佐藤先生《さとうせんせい》……」

声《こえ》をかけたのは同僚《どうりょう》の持田《もちだ》さやかだった。

「今朝早《けさはや》く、五味《ごみ》さんから電話《でんわ》があったの。ワイヨリカが自宅《じたく》で息《いき》を引《ひ》きとったそうよ。

いっしょに眠《ねむ》っていて、心臓《しんぞう》の音《おと》が止《と》まるのを感《かん》じたそう。それきり起《お》きなくて……」

貴紀《たかのり》はそっと目《め》をつぶった。

診断《しんだん》を出《だ》してから半年《はんとし》。五味《ごみ》さんは週《しゅう》に一度《いちど》、ワイヨリカをクリニックに連《つ》れてきてくれた。大変《たいへん》な毎日《まいにち》だっただろうし、彼女《かのじょ》の愛犬《あいけん》に対《たい》する気持《きも》ちが痛《いた》いくらいに感《かん》じられる半年間《はんとしかん》だった。やれることを、やれるだけやった。

「……心臓《しんぞう》の音《おと》が止《と》まるのを感《かん》じた、そう言《い》ってたんだね？」

「そう。さすがよね」

貴紀《たかのり》は五味《ごみ》さんに心拍数《しんぱくすう》のはかりかたを教《おし》えていた。

「心臓《しんぞう》の部分《ぶぶん》に両手《りょうて》でそっと触《ふ》れて、拍動《はくどう》を感《かん》じてみてください。おとなしくしているときに心拍数《しんぱくすう》が一二〇《ひゃくにじゅう》以上《いじょう》あればあまりよくない状況《じょうきょう》です」

五味《ごみ》さんは一生懸命《いっしょうけんめい》に聞《き》いている。

「さらに内股《うちまた》にある股動脈《ももどうみゃく》の拍動《はくどう》を調《しら》べます。心臓《しんぞう》の拍動《はくどう》と同《おな》じなら問題《もんだい》ありません」

素人《しろうと》にはむずかしいことだったが、五味《ごみ》さんは貴紀《たかのり》の言《い》うとおりにそれを何度《なんど》もくりかえし、じょじょに覚《おぼ》えていった。

「心臓《しんぞう》と親《した》しくなるんです。リズムをとって――とん、とん、とん。からだで感《かん》じるんです。毎日《まいにち》やってみてください。だんだん慣《な》れてくると思《おも》います」

貴紀《たかのり》はそう言《い》った。

「慣《な》れることはなかなかよくなること、ですね」と五味《ごみ》さんが言《い》って、さらにうれしそうに言《こと》葉《ば》をつづけた。

「佐藤先生《さとうせんせい》はほんとうにやさしい人《ひと》ね。ワイヨリカに触《ふ》れるその感《かん》じでわかるもの。あなたの手《て》は思《おも》いやりそのもの、ね」

ワイヨリカが亡《な》くなるとき、心臓《しんぞう》の音《おと》が止《と》まるのを感《かん》じた、という五味《ごみ》さんの感想《かんそう》は、毎日《まいにち》のように心拍数《しんぱくすう》をはかっていた彼女《かのじょ》ならではだった。ふつうは心臓《しんぞう》が止《と》まるその瞬間《しゅんかん》なんて、見過《みす》ごしてしまうものだから。

「持田先生《もちだせんせい》――五味《ごみ》さんは時間《じかん》さえあればワイヨリカの胸《むね》に手《て》をあてていたのかもしれないね」

「それだけ寄《よ》りそいながら、生《い》きていたってことよね」

「……なんだか泣《な》けてくるねえ……」

通《とお》りすがりの同僚《どうりょう》、桜井《さくらい》がそう言《い》った。

もう！　桜井先生《さくらいせんせい》は向《む》こうに行《い》っててよ、と持田《もちだ》が言《い》って、みんなが笑《わら》った。


貴紀《たかのり》は五味《ごみ》さんとワイヨリカの一件以来《いっけんいらい》、聴診《ちょうしん》という技術《ぎじゅつ》をもっときわめてみたい、と思《おも》っていた。

誤解《ごかい》を恐《おそ》れずに言《い》うのなら、聴診《ちょうしん》とはからだの中《なか》の音楽《おんがく》を聴《き》く、ということだった。よい音楽《おんがく》とリズムに雑音《ざつおん》が入《はい》る。それこそが病気《びょうき》のしるしだったりするのだ。どこにどんなふうにノイズが走《はし》るのか、それをもっともっと感《かん》じとれるようになりたい。

そのためにはあらためて大学《だいがく》に行《い》って、循環器《じゅんかんき》を学《まな》ぶことだ。

血液《けつえき》やリンパ液《えき》などの体液《たいえき》を体内《たいない》で輸送《ゆそう》して、循環《じゅんかん》させる働《はたら》きを知《し》るんだ。

それは生命《せいめい》の流《なが》れそのもの。ぼくが一生《いっしょう》をかけて取《と》り組《く》むべきことなんだ。

貴紀《たかのり》はそう思《おも》った。

小笠原《おがさわら》どうぶつクリニックは非常勤《ひじょうきん》あつかいにしてもらって、大学《だいがく》へ通《かよ》いはじめることにした。いまや貴紀《たかのり》を指名《しめい》してくる飼《か》い主《ぬし》さんたちも多《おお》かったので、やめるわけにはいかなかったのだ。

さらにこのころには、副院長《ふくいんちょう》も先輩《せんぱい》の中田《なかた》も退職《たいしょく》していて、大学《だいがく》の勉強《べんきょう》が終《お》わったらぜひ副院長《ふくいんちょう》になれ、と院長《いんちょう》に言《い》われていた。

「まあ三年《さんねん》くらいだろ？　ちび、副院長《ふくいんちょう》のポストは空《あ》けておくぜ」

院長《いんちょう》は豪快《ごうかい》にがっはっはっと笑《わら》った。

ただ貴紀《たかのり》はすこし考《かんが》えたかった。このクリニックで働《はたら》くことは自分《じぶん》にとっても有意義《ゆういぎ》なことだ。仲間《なかま》だっているし、なんといっても飼《か》い主《ぬし》さんたちから信頼《しんらい》されている。

――でも、と貴紀《たかのり》は思《おも》った。

いつか、動物医療《どうぶついりょう》の世界《せかい》をもっと自分《じぶん》なりに確立《かくりつ》していきたい。たくさんの動物《どうぶつ》たちと、その飼《か》い主《ぬし》さんの役《やく》に立《た》ちたい。

それにはやっぱり自分《じぶん》の病院《びょういん》を持《も》つことだ。動物医療《どうぶついりょう》を背負《せお》って立《た》つ、自《みずか》らの場所《ばしょ》をつくることだ。

貴紀《たかのり》は決《き》めた。大学《だいがく》で循環器《じゅんかんき》をみっちり学《まな》んだら、独立《どくりつ》しよう。資金《しきん》だっているから、非常勤《ひじょうきん》の仕事《しごと》をもっと増《ふ》やさなくちゃいけない。仲間《なかま》だってほしい。いっしょにやってくれる誰《だれ》か。

——佐藤《さとう》、獣医師試験《じゅういしけん》に受《う》かって大学《だいがく》を卒業《そつぎょう》したら、まずはどっかの動物病院《どうぶつびょういん》に就職《しゅうしょく》するんだろ。

——うん。近藤《こんどう》だってもちろんそうだよね？

——卒業《そつぎょう》できればの話《はなし》だけどな。まあ獣医師《じゅういし》としてしばらくは、修業《しゅぎょう》の日々《ひび》を過《す》ごそうぜ。

——じゃあ修業《しゅぎょう》を終《お》えたら、ふたりで動物病院《どうぶつびょういん》をたちあげるか。

——おお、やろうぜ。なんて名前《なまえ》にする？　近藤動物病院《こんどうどうぶつびょういん》にする？

——……そこから？　しかもなんで近藤動物病院《こんどうどうぶつびょういん》……。

「そうだ、近藤《こんどう》がいるじゃん……！」

大学時代《だいがくじだい》にいっしょだった近藤竜太《こんどうりゅうた》。あのゆかいなお調子者《ちょうしもの》に電話《でんわ》してみよう。

「ん？　おお、やるやる」

近藤《こんどう》は電話口《でんわぐち》であっけなく返事《へんじ》をした。

「……いや、もうちょっと考《かんが》えてくれる？」

「べつに考《かんが》えることもないよ。独立《どくりつ》だろ？　やろうぜ」

「あ、うん……じゃあ」

「なんだよ、おれたちの栄光《えいこう》の船出《ふなで》だろ。はりきっていこうぜ」

貴紀《たかのり》の不安《ふあん》な気持《きも》ちが、近藤《こんどう》のこの明《あか》るさに救《すく》われた。

「よし、じゃあパートナーになってくれ。そして三年《さんねん》だ。あと三年《さんねん》したら独立《どくりつ》しよう。それまでにやることはたくさんあるぞ。死《し》ぬ気《き》でやろう」

「佐藤《さとう》、それがおまえのよくないところだ。死《し》んだら困《こま》る」

「たとえだよ。それくらいの気持《きも》ちでってこと」

「おれは死《し》なないぞ。だからおまえも死《し》ぬなよ」

近藤《こんどう》はそう言《い》って笑《わら》った。

「でも、近藤動物病院《こんどうどうぶつびょういん》はあんまりだから、ほかの名前《なまえ》にしような」

そう貴紀《たかのり》が冗談《じょうだん》めかして言《い》った。

「……おれ、そんなこと言《い》ったっけ。まあなんだったら竜太動物病院《りゅうたどうぶつびょういん》でもいいぜ」

なんで下《した》の名前《なまえ》だよ、と貴紀《たかのり》は言《い》いながら大声《おおごえ》で笑《わら》った。こういうのって、なんだかひさしぶりだなと思《おも》った。近藤《こんどう》とだったら、うまくいくような気《き》がしてきた。

「なあ、近藤《こんどう》。獣医師《じゅういし》にとっていちばんたいせつなものってなんだと思《おも》う？」

近藤《こんどう》は電話口《でんわぐち》ですこし考《かんが》えてから、言《い》った。

「そりゃおまえ、思《おも》いやり、だろ」

12 殺《ころ》したくない

『殺《ころ》したくない。だってぼくは獣医師《じゅういし》なんだから』

その新聞記事《しんぶんきじ》の見出《みだ》しには大《おお》きくそう書《か》かれていた。動物愛護管理《どうぶつあいごかんり》センターの殺処分《さつしょぶん》の問題《もんだい》についてのものだった。あいかわらず〃いらない〃犬《いぬ》や猫《ねこ》たちがあふれているらしい。捨《す》てる人間《にんげん》の身勝手《みがって》さに、貴紀《たかのり》は怒《いか》りを感《かん》じた。

自治体《じちたい》がおこなう殺処分《さつしょぶん》は、そのほとんどが炭酸《たんさん》ガスで窒息《ちっそく》させるか、筋弛緩剤《きんしかんざい》という薬《くすり》を注射《ちゅうしゃ》するというものだった。いずれにしても決《けっ》して安楽死《あんらくし》ではない。苦《くる》しみながら死《し》んでゆく。

注射《ちゅうしゃ》は獣医師《じゅういし》がおこなう。

つまり、動物《どうぶつ》の命《いのち》を救《すく》う人間《にんげん》が、しかたなくそれを実行《じっこう》する。

――なんて悲《かな》しいことなんだろう。どうしてこんなことになるのだろう。

ふたたび記事《きじ》に目《め》をやると、そのセンターの職員獣医師《しょくいんじゅういし》の名前《なまえ》が書《か》いてあった。

『殺《ころ》したくない。だってぼくは獣医師《じゅういし》なんだから』と発言《はつげん》した――水樹洋介《みずきようすけ》さん(27)。

もしかしたら、と貴紀《たかのり》は思《おも》った。顔写真《かおじゃしん》は出《で》ていないから、もちろん裏《うら》づけのないことだけれど、これはあの水樹《みずき》なんじゃないか？

——佐藤《さとう》、もしかしたらおれたちの勝負《しょうぶ》は、獣医師《じゅういし》になってからがほんものかもな。


貴紀《たかのり》はあのクリスマス・イブの夜《よる》を思《おも》い出《だ》した。

もしもこの記事《きじ》の人間《にんげん》が水樹《みずき》なら、彼《かれ》は獣医師《じゅういし》になっていたということだ。

貴紀《たかのり》はなんだかうれしくなった。そして声《こえ》を出《だ》して読《よ》んでみた。

「だってぼくは獣医師《じゅういし》なんだから」

水樹《みずき》が獣医師《じゅういし》になっていた。でも、彼《かれ》はいまつらい立場《たちば》にいる。

貴紀《たかのり》は電話《でんわ》でその動物愛護管理《どうぶつあいごかんり》センターに問《と》い合《あ》わせてみた。いてもたってもいられなかったのだ。

自分《じぶん》の身分《みぶん》を告《つ》げてくわしく説明《せつめい》したのち、いくつかの取《と》りつぎがあり、しばらくお待《ま》ちくださいと言《い》われて待《ま》っていると、ようやく電話口《でんわぐち》に出《で》た男《おとこ》の声《こえ》は――水樹《みずき》ではなかった。

「ああ、すみません。水樹《みずき》は先月《せんげつ》辞《や》めてしまいましてね。わたしは同僚《どうりょう》のものです。野口《のぐち》といいます」

「佐藤《さとう》です。……水樹《みずき》さんがどうされたかはわかりませんか？」

「ええ、彼《かれ》は急《きゅう》にいなくなってしまったんですよ。……失礼《しつれい》ですけど、佐藤《さとう》さんは獣医《じゅうい》さんですよね？」

「はい。都内《とない》のクリニックに勤《つと》めています。いまは非常勤《ひじょうきん》あつかいですが」

「では佐藤先生《さとうせんせい》。あなたになら話《はな》してもいいかもしれない。水樹《みずき》くんは獣医師《じゅういし》として仕事《しごと》をよくやってくれました。新聞記事《しんぶんきじ》はごらんになりましたね？」

「はい」

「彼《かれ》の言葉《ことば》にうそはありません。なぜ獣医師《じゅういし》が動物《どうぶつ》を殺《ころ》さなければいけないんだ、といつも言《い》っていました」

貴紀《たかのり》は受話器《じゅわき》を持《も》ちながらうなずいた。

「わたしもそう思《おも》います。どうしてそんなことをしなくちゃいけないのか。しかもうちは注射《ちゅうしゃ》です。筋弛緩剤《きんしかんざい》だけを使用《しよう》します。あれは——」

野口《のぐち》は言《い》って、一瞬《いっしゅん》ためらった。

「動物《どうぶつ》がまったく動《うご》かなくなるので、見《み》たところ穏《おだ》やかな死《し》にかたに見《み》えるのです。でも、実際《じっさい》はそうではありません。ただ全身《ぜんしん》の筋肉《きんにく》が動《うご》かせなくなっているだけであって、苦痛《くつう》を訴《うった》えることもできないのです。意識《いしき》はしっかり残《のこ》っていて、ようするに酸欠《さんけつ》で苦《くる》しみながら死《し》んでいくのではないかと思《おも》われます」

「……それを水樹《みずき》がやっていたのですね」

「そうです。彼《かれ》が担当《たんとう》でした。つらい仕事《しごと》だったと思《おも》います」

「そうですか……現在《げんざい》の彼《かれ》のゆくえはわからないのですね？」

「はい。申《もう》し訳《わけ》ありません。それにもしもわかっていたとしても、それを教《おし》えるわけにはいかないのです。個人情報《こじんじょうほう》ですから。……ただ、きっとまた動物医療《どうぶついりょう》の現場《げんば》には戻《もど》ってくると思《おも》います。彼《かれ》はほんとうに動物《どうぶつ》が好《す》きでしたから」

野口《のぐち》はそう言《い》って、貴紀《たかのり》に聞《き》いた。

「佐藤先生《さとうせんせい》は、水樹《みずき》くんの高校《こうこう》の同期生《どうきせい》だったんですよね。彼《かれ》は言《い》っていました。ライバルがいるんだと。利口《りこう》なくせに純粋《じゅんすい》で、クールなのにお人《ひと》よしで夢見《ゆめみ》がちな同期生《どうきせい》がいると。……もしかしたらそれは佐藤先生《さとうせんせい》のことだったのかもしれないですね」

貴紀《たかのり》は思《おも》わず笑《わら》ってしまった。まちがいない、水樹《みずき》だ。

「野口先生《のぐちせんせい》、ありがとうございました。そして、大変《たいへん》なお仕事《しごと》のことを考《かんが》えると胸《むね》が痛《いた》みます。どうか、おからだをだいじにしてください」

「ありがとう。佐藤先生《さとうせんせい》も」

そうして貴紀《たかのり》は受話器《じゅわき》を置《お》いた。

🐾

「安楽死《あんらくし》をどう考《かんが》えるか、よね」

持田《もちだ》さやかが貴紀《たかのり》に向《む》かってそう言《い》った。

「うん？　ああ、うん……」

「なあに、そのなま返事《へんじ》。……幸運《こううん》なことにわたしたち、まだ経験《けいけん》してないわけでしょ？もしも『先生《せんせい》、もう見《み》ていられないからこの子《こ》を楽《らく》にしてあげて』なんて飼《か》い主《ぬし》さんに言《い》われて、実際《じっさい》にもう、どうにも手《て》のほどこしようもないとき。どうする？」

「まあ、飼《か》い主《ぬし》さんがそれを望《のぞ》むのならやるしかないよなあ」

桜井佑樹《さくらいゆうき》がそうつぶやいた。

たしかにそういうシーンにはまだ出会《であ》ったことがない。でも、いずれかならずやってくるだろう。

「そう。でも、それはできないって断《こと》わるのもひとつの哲学《てつがく》よ。そういう獣医師《じゅういし》さんもいる。安楽死《あんらくし》はしないって」

持田《もちだ》がつづける。

「でも、わたしはすると思《おも》う。ひとつは動物《どうぶつ》の苦痛《くつう》を早《はや》く取《と》りのぞいてあげたいということ。あとはやっぱり飼《か》い主《ぬし》さんのためね。だから痛《いた》みや恐怖心《きょうふしん》を感《かん》じることなく逝《い》かせてあげなければいけない」

「でもやっぱりむずかしい問題《もんだい》だよな。動物《どうぶつ》がどう思《おも》ってるかっていったら、たぶん生《い》きたいんだろうけど、もはや生《い》きることはむずかしいわけだし」

桜井《さくらい》が言《い》って、ちらりと貴紀《たかのり》を見《み》た。彼《かれ》はだまっていた。

「こんど院長先生《いんちょうせんせい》にも確《たし》かめておきましょう。病院《びょういん》としての態度《たいど》をきちんと決《き》めておかないとね」と持田《もちだ》が言《い》った。

「……そういえば佐藤先生《さとうせんせい》、大学《だいがく》のほうはどう？」

話題《わだい》を変《か》えるように桜井《さくらい》が言《い》う。

「うん、うまくいってるよ。たまにしんどいけどね」

無理《むり》しないでよ、と持田《もちだ》が釘《くぎ》をさした。

「そうだね、ありがとう」と貴紀《たかのり》は言《い》った。

たしかに、動物《どうぶつ》に安楽死《あんらくし》をほどこさなきゃならなくなったとき、ぼくはどんなことを思《おも》うんだろう。そんなことを冷静《れいせい》に成《な》しとげられるんだろうか。

それでも——自分《じぶん》のできることをやるしかない。考《かんが》えて考《かんが》えて、また考《かんが》えて、いちばんよいやりかたを選《えら》び抜《ぬ》くんだ。

貴紀《たかのり》は自宅《じたく》に帰《かえ》る道《みち》すがら、そんなことをぼんやりと考《かんが》えていた。

すでに彼《かれ》はひとり暮《ぐ》らしをはじめていた。実家《じっか》から病院《びょういん》まで通《かよ》えない距離《きょり》ではなかったが、帰宅《きたく》が夜遅《よるおそ》くなることも多《おお》かったし、完全《かんぜん》に自活《じかつ》することがとてもだいじに思《おも》えたのだ。

忙《いそが》しすぎて動物《どうぶつ》は飼《か》っていなかった。ラッキーのような犬《いぬ》と暮《く》らしたかったが、なかなかそうもいかなかった。

今夜《こんや》は満天《まんてん》の星空《ほしぞら》だ。ちょっと風《かぜ》が強《つよ》かったから、星《ほし》たちがきらきらと輝《かがや》いていた。

「ラッキー……まだまだどうしたらいいのかわからないことがあるよ。きみに会《あ》いたいけれど……」

貴紀《たかのり》は宙《ちゅう》を見《み》ながらぼそっとつぶやいた。

「でも……そんな弱音《よわね》はこれっきりにしておくよ。たいせつなのは」

彼《かれ》はそこで区切《くぎ》って、ゆっくりと出《だ》した声《こえ》には——力《ちから》がみなぎっていた。

「思《おも》いやり、だよね？」

13 動物《どうぶつ》ってすばらしい

大学《だいがく》で勉強《べんきょう》しながら獣医師《じゅういし》として働《はたら》く生活《せいかつ》も、三年目《さんねんめ》を迎《むか》えようとしていた。

循環器《じゅんかんき》の勉強《べんきょう》はとてもおもしろかったし、聴診《ちょうしん》のたいせつさもあらためて知《し》ることになった。クリニックはあいかわらず忙《いそが》しく、もはや数《かぞ》え切《き》れないくらいの診療《しんりょう》をくりかえしていた。

そしてそのすべてが、獣医師《じゅういし》としての貴紀《たかのり》の血《ち》となり肉《にく》となった。


「佐藤先生《さとうせんせい》、いよいよね」

持田《もちだ》さやかが言《い》った。

「さみしくなるなあ……」と、桜井佑樹《さくらいゆうき》がつぶやくように言《い》った。

「ありがとう。でも、もうちょっとあるからさ、最後《さいご》までがんばるよ」

貴紀《たかのり》はこの『小笠原《おがさわら》どうぶつクリニック』を、あと一週間《いっしゅうかん》で退職《たいしょく》することになっていた。

いよいよ自分《じぶん》の動物病院《どうぶつびょういん》を開業《かいぎょう》するのだ。

「……ったく惜《お》しいよなあ。まあでも独立《どくりつ》は悪《わる》いことじゃないからな」

そう言《い》ったのは院長《いんちょう》だ。彼《かれ》は貴紀《たかのり》を副院長《ふくいんちょう》にすることができずにくやしがった。

「これからはライバルとしてよろしくたのむ」

どすのきいた声《こえ》で院長《いんちょう》が言《い》う。ぱんぱん、と貴紀《たかのり》の肩《かた》を乱暴《らんぼう》に叩《たた》いて大《おお》きな声《こえ》で笑《わら》った。

「まったく、ちびがりっぱになったもんだぜ」


その日《ひ》の夜《よる》だった。

診察時間《しんさつじかん》の終《お》わりまぎわに急患《きゅうかん》がやってきた。めすのシェットランド・シープドッグ、一一歳《じゅういっさい》。このクリニックに来《く》るのははじめてだった。

シェルティーの腹部《ふくぶ》が異様《いよう》にふくれていた。ずいぶん苦《くる》しそうだ。飼《か》い主《ぬし》としてやってきたのは五〇代《ごじゅうだい》の夫婦《ふうふ》。

貴紀《たかのり》はラッキーを思《おも》い出《だ》した。同《おな》じ犬種《けんしゅ》ということを差《さ》し引《ひ》いても、その顔《かお》はラッキーにとても似《に》ていた。

「この子《こ》はパルフィーといいます。おなかが腫《は》れているみたいで……具合《ぐあい》が悪《わる》そうなんです。どうか診《み》てください」

お母《かあ》さんがそう言《い》った。

ただ、どうもお父《とう》さんのほうは気《き》もそぞろで、あまり飼《か》い犬《いぬ》の状態《じょうたい》に興味《きょうみ》がないような態度《たいど》だった。すこしお酒《さけ》のにおいがする。貴紀《たかのり》はいやな予感《よかん》がした。

「すぐに診《み》ましょう。急《いそ》いだほうがいい」

貴紀《たかのり》はそう言《い》って、苦《くる》しそうにしているパルフィーを診察台《しんさつだい》へ連《つ》れていった。

「いつからこんな状態《じょうたい》ですか？　ちなみに避妊手術《ひにんしゅじゅつ》はしていませんか？」

「今朝《けさ》からです……避妊手術《ひにんしゅじゅつ》はしていません。いままで手術《しゅじゅつ》というものはしたことがないです」

「水《みず》をがぶ飲《の》みしたりしませんか？　もしくは陰部《いんぶ》からうみが出《で》ていたりは？」

「うみは出《で》ていないと思《おも》います。水《みず》は……」

お母《かあ》さんはそう言《い》ってお父《とう》さんをちらっと見《み》た。

「……わかりません」

「そうですか、とにかく検査《けんさ》をしてみましょう。持田先生《もちだせんせい》、お願《ねが》いします」

はい、と言《い》って持田《もちだ》は準備《じゅんび》をはじめた。

「レントゲンとエコー検査《けんさ》、さらに血液検査《けつえきけんさ》もおこないましょう。それではっきりすると思《おも》います」

貴紀《たかのり》がそう告《つ》げると、お父《とう》さんのほうが声《こえ》をかけてきた。

「いくらくらいかかんの？」

「検査料《けんさりょう》ですか？　そのあとの処置料《しょちりょう》もありますので、あわせてのちほどお知《し》らせします」

ふん、と言《い》ってお父《とう》さんは待合室《まちあいしつ》のソファーに乱暴《らんぼう》に座《すわ》った。お母《かあ》さんは不安《ふあん》そうにしている。

「佐藤先生《さとうせんせい》、こっちへ」と持田《もちだ》が貴紀《たかのり》を呼《よ》んだ。

「結果《けっか》が出《で》ました。白血球数《はっけっきゅうすう》が多《おお》いし、このエコー画像《がぞう》にも……」

「うん、まちがいなく『子宮蓄《しきゅうちく》のう症《しょう》』だね」

子宮《しきゅう》の中《なか》にうみがたまっている。もしも子宮《しきゅう》が破《やぶ》れて、細菌《さいきん》がもれ出《で》た場合《ばあい》は腹膜炎《ふくまくえん》を起《お》こす。とても危険《きけん》な状態《じょうたい》だ。

「脱水《だっすい》ぎみだから、まずは点滴《てんてき》をしよう。それからすぐに手術《しゅじゅつ》だ。桜井先生《さくらいせんせい》」

「もう準備《じゅんび》できてます！」

桜井《さくらい》がそう言《い》って得意《とくい》な顔《かお》をする。ほんとうにぼくは仲間《なかま》たちにめぐまれている、と貴《たか》紀《のり》はあらためて思《おも》った。


「手術《しゅじゅつ》――？　じょうだんじゃない。そんな金《かね》のかかることできるか！」

そう言《い》ったのはお父《とう》さんだった。手術《しゅじゅつ》の同意《どうい》を得《え》るために説明《せつめい》していた矢先《やさき》のことだ。

「緊急手術《きんきゅうしゅじゅつ》をしなければ、パルフィーは死《し》んでしまいます」

「お父《とう》さん！　お願《ねが》いだから、手術《しゅじゅつ》をしてもらおうよ」

お母《かあ》さんがつらそうな声《こえ》を出《だ》して訴《うった》える。

「うるさい。どうせ何十万《なんじゅうまん》もぼったくるんだろ。そんなのおれは認《みと》めないぞ。たかが犬《いぬ》にどうしてそんなに金《かね》をかけなきゃならないんだ」

「お父《とう》さん！　お願《ねが》いだから！」

「うるせえな。じゃあさ先生《せんせい》、この際《さい》だからこの犬《いぬ》を安楽死《あんらくし》させちゃってくれよ。そのほうが安《やす》くすむだろ」

貴紀《たかのり》は頭《あたま》にかあっと血《ち》がのぼった。ふざけるな、と言《い》いかけたとき――。

「金《かね》はいらないよ」

そう言《い》ってドアを開《あ》けて入《はい》ってきたのは院長《いんちょう》だった。

「金《かね》はいらん。犬《いぬ》を殺《ころ》すというのなら、あんたが殺《ころ》せばいい。こっちへ来《き》なさい」

院長《いんちょう》がお父《とう》さんの腕《うで》をつかんで診察台《しんさつだい》へ連《つ》れていく。手早《てばや》く注射器《ちゅうしゃき》を取《と》り出《だ》して、薬品《やくひん》のびんに針《はり》をさし、その液体《えきたい》をゆっくりと吸引《きゅういん》する。

「これは筋弛緩剤《きんしかんざい》といって、かんたんに命《いのち》がうばえるお薬《くすり》だ。あんただってこの犬《いぬ》の首《くび》をしめたり、バットで頭《あたま》をぶん殴《なぐ》ったりするのはいやだろう。ほれ、これをおしりに打《う》ちこむだけでいい」

院長《いんちょう》はつづけて言《い》った。

「すぐにこの子《こ》は動《うご》けなくなる。静《しず》かで穏《おだ》やかな死《し》にかただよ。見《み》た目《め》はね」

お父《とう》さんはだまっている。

「でも、ほんとうは苦《くる》しいんだ。地獄《じごく》のような苦痛《くつう》だ。けど犬《いぬ》はなにも言《い》わないからねえ。まあいいんじゃないの」

院長《いんちょう》はぐいっとお父《とう》さんの腕《うで》をつかんだ。

「あんたが殺《ころ》すんだ。これが安楽死《あんらくし》だ」

お母《かあ》さんが飛《と》び出《だ》してきて、院長《いんちょう》に向《む》かって言《い》った。

「すみませんすみません！　かならずお金《かね》はお支払《しはら》いしますから、どうかどうか手術《しゅじゅつ》をお願《ねが》いします。パルフィーを助《たす》けてください！　お願《ねが》いします」

お父《とう》さんはうなだれてだまっていた。

「金《かね》はいらんと言《い》っちゃいましたからな。——じゃあ佐藤先生《さとうせんせい》、たのんだワン」

院長《いんちょう》はそう言《い》って貴紀《たかのり》にウインクした。そして緊急手術《きんきゅうしゅじゅつ》がはじまった。

うみがたまった子宮《しきゅう》と卵巣《らんそう》を取《と》り出《だ》す。ぱんぱんにふくらんだ子宮《しきゅう》はいまにもはちきれんばかりだったが、破裂《はれつ》はしていなかった。けれどもあぶないところだった。

それから抗生剤《こうせいざい》で腹腔内《ふくくうない》をきれいに洗《あら》う。すべてはてきぱきとこなされる。持田《もちだ》も桜井《さくらい》も手伝《てつだ》ってくれている。

貴紀《たかのり》はとても心強《こころづよ》く思《おも》った。このスピードはひとりではぜったいに出《だ》せない。持田《もちだ》の指《ゆび》はいまやまったく震《ふる》えなくなったし、桜井《さくらい》は血《ち》が苦手《にがて》なのをついに克服《こくふく》した。仲間《なかま》がいるから、動物《どうぶつ》を助《たす》けることができる。

「先生《せんせい》、ありがとうございます！」

手術《しゅじゅつ》が無事《ぶじ》に終《お》わり、お母《かあ》さんが深々《ふかぶか》と頭《あたま》を下《さ》げた。

「もう目《め》を覚《さ》ましました。会《あ》いますか？」

パルフィーはお母《かあ》さんのことを見《み》て、きゅうん、と鳴《な》いた。

お母《かあ》さんは涙《なみだ》を流《なが》しながら、そっとパルフィーに触《ふ》れた。ありがとうありがとう、生《い》きてくれてありがとう。お母《かあ》さんはそう言《い》いながら泣《な》いていた。

お父《とう》さんは待合室《まちあいしつ》のソファーでうなだれたままだったが、貴紀《たかのり》を見《み》てすっくと立《た》ちあがった。そして言《い》った。

「——先生《せんせい》、ありがとうな」

「……パルフィーはよくがんばってくれました。動物《どうぶつ》ってすばらしいですよね。ぼくは、犬《いぬ》も猫《ねこ》もほかの動物《どうぶつ》も、もちろん人間《にんげん》も——大好《だいす》きなんです」

その動物病院《どうぶつびょういん》には『白金高輪動物病院《しろかねたかなわどうぶつびょういん》』という看板《かんばん》が掲《かか》げられていた。

それを見《み》て、誇《ほこ》らしげな顔《かお》をしているふたりの男性《だんせい》。ブルーのクリニックユニフォーム。スクラブと呼《よ》ばれるその服《ふく》で、彼《かれ》らがドクターであることがひと目《め》でわかる。ひとりは聴診器《ちょうしんき》を首《くび》にかけている。もうひとりは腕組《うでぐ》みをして、大股開《おおまたびら》きで立《た》っている。

「……ようやくだな」

「……ああ」

さわやかな風《かぜ》が通《とお》り、病院《びょういん》の裏《うら》の路地《ろじ》のほうへ抜《ぬ》けていく。

貴紀《たかのり》はこれからのことを思《おも》う。

ただ病気《びょうき》を治《なお》していくだけじゃない、あたらしい獣医師《じゅういし》のすがた。彼《かれ》はそれを見《み》つめているようだった。人間《にんげん》と動物《どうぶつ》がほんとうになかよくなるために、いったいなにができるんだろう、と真剣《しんけん》に考《かんが》えていた。

「なあ、佐藤《さとう》。そういえばおまえ、むかし」

近藤《こんどう》が隣《となり》で言《い》う。

「うん？」

「生《う》まれ変《か》わるんなら、なにがいいかって話《はなし》をしたよな」

「そんな話《はなし》したっけ？」

「したよ。学生《がくせい》のときな。……じゃあ覚《おぼ》えていないよな。おまえムササビがいいって言《い》ったんだぞ」

「ええ、そうだっけ？　なんでムササビなんだよ」

「こっちが聞《き》きてえよ。いや、でもたしか……鳥《とり》じゃだめなんだって言《い》ってたぞ。同《おな》じ飛《と》ぶにしても、ぜんぜんちがうんだって」

「変《か》わってるな」

「……おまえのことだよ。まあそれでおれはなんとなく納得《なっとく》したんだけど」

「するなよ」

「まあな。……で、いまはどうなのかと思《おも》ってさ」

貴紀《たかのり》はすこし考《かんが》えてみた。そして言《い》った。

「人間《にんげん》かな。だって獣医師《じゅういし》になれるし」

「まあそうだな。もしかしたらほかの動物《どうぶつ》といちばんなかよくなれるのが、人間《にんげん》という動物《どうぶつ》なのかもしれないし」

「近藤《こんどう》はどうなの？」

近藤《こんどう》はふふふ、と笑《わら》って得意《とくい》そうに言《い》った。おどろくなよ。

「ゴリラだよ」

なんでゴリラだよ、と貴紀《たかのり》は言《い》いながら笑《わら》った。

ふたりの笑《わら》い声《ごえ》は夏《なつ》の夕暮《ゆうぐ》れにまじりあい、あたりをやさしく包《つつ》んでいた。

エピローグ

こうしてぼくの大好《だいす》きな先生《せんせい》の話《はなし》はひとまず終《お》わる。

ぼくのからだは、もうないけれど、彼《かれ》の中《なか》で生《い》きてきたからこそ、この物語《ものがたり》を語《かた》ることができたんだ。

さて、あとすこしだけ報告《ほうこく》してもいいかな。

貴紀《たかのり》は犬《いぬ》と暮《く》らしはじめた。ミニチュア・シュナウザーの『まりも』という女《おんな》の子《こ》だ。もともと心臓《しんぞう》の病気《びょうき》をかかえていて、彼《かれ》が引《ひ》き取《と》ったんだ。聴診《ちょうしん》ではわからないような、なかなかやっかいそうな病気《びょうき》だったけれど、うまくつきあっているよ。毎日《まいにち》お薬《くすり》を飲《の》ませなきゃいけないし、あんまり派手《はで》に運動《うんどう》させるわけにもいかない。興奮《こうふん》したりするのもおさえなきゃならない。まりもは大《おお》きな問題《もんだい》をかかえている。でも、貴紀《たかのり》と暮《く》らせることでそれはちゃらだよ。どんなアクシデントも、きっと乗《の》りこえていけるはずだ。

そういえば彼《かれ》は『獣医循環器学会認定医《じゅういじゅんかんきがっかいにんていい》』にもなったんだ。これは全国《ぜんこく》で約六〇人《やくろくじゅうにん》しかいないという、とても名誉《めいよ》なものだった。あいかわらず猛勉強《もうべんきょう》していたよ、貴紀《たかのり》は。彼《かれ》はこれからもずっと学《まな》びつづけていくだろう。

それから白金高輪動物病院《しろかねたかなわどうぶつびょういん》のキャッチフレーズ、『一生《いっしょう》のかかりつけの医師《いし》』という考《かんが》えかたも彼《かれ》が決《き》めたんだ。最初《さいしょ》から最後《さいご》までめんどうをみますってこと。まったく貴紀《たかのり》らしいと思《おも》ったよ。

そしてなによりうれしかったのは、ぼくのことを忘《わす》れなかったこと。たまにね、話《はな》しかけてくれるんだ。ラッキー、どうしてる？　ってさ。

そう、ぼくは彼《かれ》の心《こころ》の中《なか》に住《す》んでいるからね。

ぼくの大好《だいす》きな先生《せんせい》の話《はなし》をしよう。

先生《せんせい》といっても、人間《にんげん》の病気《びょうき》を治《なお》すお医者《いしゃ》さんではないし、ましてや学校《がっこう》のお勉強《べんきょう》を教《おし》えてくれる教師《きょうし》でもない。

ぼくの大好《だいす》きな先生《せんせい》は獣医師《じゅういし》。動物《どうぶつ》たちのお医者《いしゃ》さんなんだ。

［おわり］

Shogakukan Junior Bunko

★小学館ジュニア文庫★
動物たちのお医者さん

2015年11月2日　初版第1刷発行
2017年2月13日　　第2刷発行

著者／小西秀司
構成／佐藤貴紀（獣医師）

発行者／立川義剛
印刷・製本／中央精版印刷株式会社
デザイン／エチカデザイン
協力／オルタスジャパン
カバー写真／犬丸美絵
編集／山口久美子

発行所／株式会社　小学館
〒101-8001　東京都千代田区一ツ橋2－3－1
電話　編集　03-3230-5105
販売　03-5281-3555

Printed in Japan　　ISBN 978-4-09-230838-1

★「小学館ジュニア文庫」を読んでいるみなさんへ★

この本《ほん》の背《せ》にあるクローバーのマークに気《き》がつきましたか?

オレンジ、緑《みどり》、青《あお》、赤《あか》に彩《いろど》られた四《よ》つ葉《ば》のクローバー。これは、小学館《しょうがくかん》ジュニア文庫《ぶんこ》のマークです。そして、それぞれの葉《は》の色《いろ》には、私《わたし》たちがジュニア文庫《ぶんこ》を刊行《かんこう》していく上《うえ》で、みなさんに伝《つた》えていきたいこと、私《わたし》たちの大切《たいせつ》な思《おも》いがこめられています。

オレンジは愛《あい》。家族《かぞく》、友達《ともだち》、恋人《こいびと》。みなさんの大切《たいせつ》な人《ひと》たちを思《おも》う気持《きも》ち。まるでオレンジ色《いろ》の太陽《たいよう》の日差《ひざ》しのように心《こころ》を暖《あたた》かにする、人《ひと》を愛《あい》する気持《きも》ち。

緑《みどり》はやさしさ。困《こま》っている人《ひと》や立場《たちば》の弱《よわ》い人《ひと》、小《ちい》さな動物《どうぶつ》の命《いのち》に手《て》をさしのべるやさしさ。緑《みどり》の森《もり》は、多《おお》くの木々《きぎ》や花々《はなばな》、そこに生《い》きる動物《どうぶつ》をやさしく包《つつ》み込《こ》みます。

青《あお》は想像力《そうぞうりょく》。芸術《げいじゅつ》や新《あたら》しいものを生《う》み出《だ》していく力《ちから》。立場《たちば》や考《かんが》え方《かた》、国籍《こくせき》、自分《じぶん》とは違《ちが》う人《ひと》たちの気持《きも》ちを思《おも》い、協力《きょうりょく》しあうことも想像《そうぞう》の力《ちから》です。人間《にんげん》の想像力《そうぞうりょく》は無限《むげん》の広《ひろ》がりを持《も》っています。まるで、どこまでも続《つづ》く、澄《す》みきった青《あお》い空《そら》のようです。

赤《あか》は勇気《ゆうき》。強《つよ》いものに立《た》ち向《む》かい、間違《まちが》ったことをただす気持《きも》ち。くじけそうな自分《じぶん》の弱《よわ》い気持《きも》ちに立《た》ち向《む》かうことも大《おお》きな勇気《ゆうき》です。まさにそれは、赤《あか》い炎《ほのお》のように熱《あつ》く燃《も》え上《あ》がる心《こころ》。

四《よ》つ葉《ば》のクローバーは幸《しあわ》せの象徴《しょうちょう》です。愛《あい》、やさしさ、想像力《そうぞうりょく》、勇気《ゆうき》は、みなさんが未来《みらい》を切《き》りひらき、幸《しあわ》せで豊《ゆた》かな人《じん》生《せい》を送《おく》るためにすべて必要《ひつよう》なものです。

体《からだ》を成長《せいちょう》させていくために、栄養《えいよう》のある食《た》べ物《もの》が必要《ひつよう》なように、心《こころ》を育《そだ》てていくためには読書《どくしょ》がかかせません。みなさんの心《こころ》を豊《ゆた》かにしていく本《ほん》を一冊《さつ》でも多《おお》く出《だ》したい。それが私《わたし》たちジュニア文庫編集部《ぶんこへんしゅうぶ》の願《ねが》いです。

みなさんのこれからの人生《じんせい》には、困《こま》ったこと、悲《かな》しいこと、自分《じぶん》の思《おも》うようにいかないことも待《ま》ち受《う》けているかもしれません。どうか「本《ほん》」を大切《たいせつ》な友達《ともだち》にしてください。どんな時《とき》でも「本《ほん》」はあなたの味方《みかた》です。そして困難《こんなん》に打《う》ち勝《か》つヒントをたくさん与《あた》えてくれるでしょう。みなさんが「本《ほん》」を通《つう》じ素敵《すてき》な大人《おとな》になり、幸《しあわ》せで実《みの》り多《おお》い人生《じんせい》を歩《あゆ》むことを心《こころ》より願《ねが》っています。

小学館ジュニア文庫編集部

★小学館ジュニア文庫★ ワクワク、ドキドキがいっぱいのラインナップ

〈大好き！ 大人気まんが原作シリーズ〉

いじめ―いつわりの楽園―
いじめ―学校という名の戦場―
いじめ―引き裂かれた友情―
いじめ―過去へのエール―
いじめ―うつろな絆―
いじめ―友だちという鎖―
いじめ―行き止まりの季節―
いじめ―闇からの歌声―
エリートジャック!! めざせ、ミラクル大逆転!!
エリートジャック!! ミラクルガールは止まらない!!
エリートジャック!! 相川ユリアに学ぶ 毎日が絶対ハッピーになる100の名言
エリートジャック!! ミラクルチャンスをつかまえろ!!
エリートジャック!! 発令！ ミラクルプロジェクト!!

オオカミ少年♥こひつじ少女 わくわく♪どうぶつワンだーらんど！
オオカミ少年♥こひつじ少女 お散歩は冒険のはじまり

カノジョは嘘を愛しすぎてる
キミは宙のすべて―たったひとつの星―
キミは宙のすべて―ヒロインは眠れない―
キミは宙のすべて―君のためにできること―
キミは宙のすべて―宙いっぱいの愛をこめて―
小林が可愛すぎてツライっ!! 放課後が過激すぎてヤバイっ!!
小林が可愛すぎてツライっ!! 好きが加速しすぎてヤバいっ!!
12歳。～だけど、すきだから～
12歳。～てんこうせい～
12歳。～きみのとなり～
12歳。～そして、みらい～
12歳。～おとなでも、こどもでも～
12歳。～いまのきもち～
12歳。～まもりたい～

12歳。アニメノベライズ～ちっちゃなムネのトキメキ～①～⑥

ショコラの魔法～ダックワーズショコラ 記憶の迷路～
ショコラの魔法～クラシックショコラ 失われた物語～
ショコラの魔法～イスパハン 薔薇の恋～
ショコラの魔法～ショコラスコーン 氷呪の学園～
ショコラの魔法～ジンジャーマカロン 真昼の夢～
シークレットガールズ
シークレットガールズ アイドル危機一髪
ちび☆デビ！～天界からの使者とチョコル島の謎×2！～
ちび☆デビ！～まおちゃんと夢と魔法とウサギの国～
ちび☆デビ！～スーパーまおちゃんとひみつの赤い実～
ちび☆デビ！～まおちゃんとちびザウルスと氷の王国～

ドラえもんの夢をかなえる読書ノート

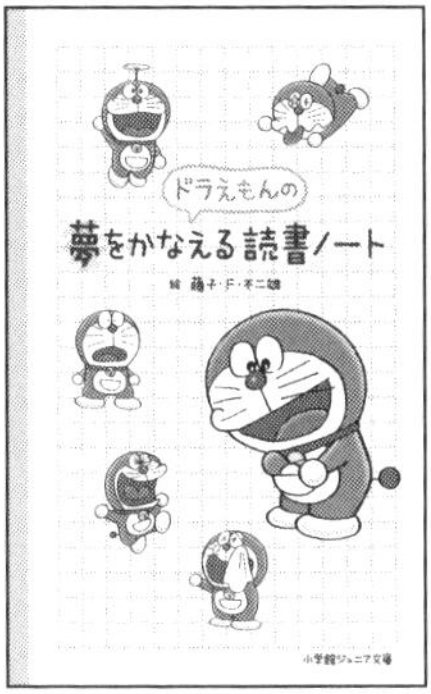

ドーリィ♪カノン～ヒミツのライブ大作戦～
ドラマ　ドーリィ♪カノン　カノン誕生
ドラマ　ドーリィ♪カノン　未来は僕らの手の中
ないしょのつぼみ～さよならのプレゼント～
ないしょのつぼみ～あたしのカラダ・あいつのココロ～
ナゾトキ姫と嘆きのしずく
ナゾトキ姫と魔本の迷宮
ナゾトキ姫とアイドル怪人Xからの挑戦状
ハチミツにはつこい　ファースト・ラブ
ハチミツにはつこい　アイ・ラブ・ユー

ヒミツの王子様★　恋するアイドル！

ふなっしーの大冒険　きょうだい集結！梨汁ブシャーッに気をつけろ!!

真代家こんぷれっくす！～Mother's day こんぷれっくすは、ケーキをめぐる～

真代家こんぷれっくす！～Memorial days きえない花火ときえないキズナ～

真代家こんぷれっくす！～Sentimental days ココロをつなぐメロディ～

真代家こんぷれっくす！～Holy days 賢者たちの贈り物～

真代家こんぷれっくす！～Mysterious days 光の指輪物語～

〈思わずうるうる…感動ストーリー〉

きみの声を聞かせて　猫たちのものがたり―まぐ・ミクロ・まる―
こむぎといつまでも―余命宣告を乗り越えた奇跡の猫ものがたり―
世界からボクが消えたなら　映画「世界から猫が消えたなら」キャベツの物語
世界から猫が消えたなら
世界の中心で、愛をさけぶ
天国の犬ものがたり～ずっと一緒～
天国の犬ものがたり～わすれないで～
天国の犬ものがたり～未来～
天国の犬ものがたり～夢のバトン～
天国の犬ものがたり～ありがとう～

動物たちのお医者さん
わさびちゃんとひまわりの季節

次はどれにする？　おもしろくて楽しい新刊が、続々登場!!